光文社文庫

長編時代小説

稲妻の剣

徒目付勘兵衛

鈴木英治

光　文　社

目次

主な登場人物

久岡勘兵衛――古谷家の次男で部屋住みだったが、親友・久岡蔵之介の不慮の死によって久岡家に婿入りし、書院番を継いだのち、飯沼麟蔵に引き抜かれ徒目付となる

美音――勘兵衛の妻。蔵之介の妹

山内修馬――勘兵衛の同僚で歳も同じ徒目付

飯沼麟蔵――腕利きの徒目付頭。勘兵衛の兄・古谷善右衛門の友人

稲葉七十郎――南町奉行所定町廻り同心。勘兵衛より三歳下

岡富左源太／**矢原大作**――勘兵衛の幼なじみ。ともに犬飼道場に通う

多喜――古谷家の女中頭。今は久岡家で働く

重吉／**滝蔵**――久岡家の中間

徒目付勘兵衛　稲妻の剣

第一章

一

こつん。
なにかが額にあたり、畳にころころと転がった。
じんわりとした痛みが頭に広がる。
見ると、梅干しの種だった。
上田半左衛門《うえだはんざえもん》はきっと顔をあげ、まわりを見渡した。
昼休みということもあり、組衆の誰もがこの御書院番《ごしょいんばん》弁当部屋で弁当をつかっている。
部屋にいるのは三十名ほどだ。
半左衛門はそのうちの一人に目をとめた。
二間《けん》（約三・六メートル）ほど離れたところに正座している武藤源太郎《むとうげんたろう》である。素知らぬ顔で下を向き、黙々と箸《はし》を動かしているが、垂れた目がかすかににやついている。

またあやつか。

鋭い一瞥《いちべつ》をぶつけてから半左衛門は梅干しの種を拾い、ぴっと指先で弾《はじ》いた。紛《まが》うことなく源太郎の頬《ほお》をとらえた。ぴしりと音が響き、種は飯が半分ほどに減った重箱にぽとりと落ちた。

源太郎が顎《あご》をあげた。ぎろりとにらみつけてくる。

半左衛門も負けずににらみ返した。

がっぷりと組み合ったような瞳《ひとみ》だけの戦いがしばらく続いた。

源太郎の横にいる同僚が気づき、やめなされ、というように源太郎の袖《そで》を引く。それに応じて源太郎が眼差《まなざ》しをはずし、重箱の蓋《ふた》を閉じたが、すぐにまた憎々しげにねめつけてきた。

「なにか文句でもあるのか」

半左衛門がいうと、あるさ、と返して源太郎が膝《ひざ》でにじり寄ってきた。

「梅干しの種はおぬしだよな」

「そうだ。だが、それはおぬしが先にやったからだ」

「やっただと。馬鹿をいうな。こちらは弾みで種が飛んでいったにすぎぬ。それがたまたまおぬしに当たったのよ」

「よくもぬけぬけとくだらぬいいわけを思いつけるものよ」

「ふん、むしろ当たってよかったではないか。その気色悪いあばた面《づら》に、梅干しの種はきっと薬効があろうぞ」

まわりからは、またか、という空気が漂いはじめている。誰もがうんざり顔だ。互いにいい歳《とし》なのだから、もういい加減にすればいいのに。

そんなことは半左衛門にもわかっている。わかっているがどうしようもない。

この男とは、もう九年近くこんな益体もない争いを続けてきているのだ。無視しようとしたときもあったが、どうしても無視しきれない。

「そうか、そりゃありがたいの」

軽くいなしてから、半左衛門は続けた。

「わしがぶつけ返したのをおぬしは怒っているようだが、よいか、おぬしの鼻が潰《つぶ》れているのは種が当たったせいではないぞ。勘ちがいせんでくれ」

源太郎がむっとする。

それを見た半左衛門は気持ちよかった。勝った、と思った。

「ふん、このあばた面め。顔が腐ってにおいはじめておるぞ。くさいわ、くさいわ。寄るのではなかったわ」

源太郎があしざまにいい放って離れてゆく。

「くさくてどうしようもないわ。半左どの、よいか、もう二度とわしのそばに寄るなよ。そのあばたのにおいがうつったらどうしようもないからの」

まわりの者にうなずきかける。

「皆の衆も、あの御仁《ごじん》には近づかんほうがよろしいぞ」

それに合わせて何人かが小さく笑った。

羞恥《しゅうち》で顔が赤くなったのを半左衛門は感じた。

「どうした、あばたが赤くなっておるぞ。膿《う》んだのか」

顔を昂然《こうぜん》とあげ、半左衛門はにらみつけた。怒りで腰の脇差《わきざし》に手が伸びそうになったが、なんとか押し殺した。

「確か、半左どのの奥方も最近は見目形が醜くなりはじめたらしいの。いや、待てよ。あれはもともとかの」

はっはっは。源太郎が哄笑《こうしょう》する。

そのとき、なにかが半左衛門のなかで弾けた。これまでずっと悪口をいい合ってはきたが、源太郎が妻のことをいうのははじめてのような気がする。

そして、半左衛門の妻は器量よしとはとてもいえなかった。

「気に召されるな」

同僚の一人が慰めるようにいったが、半左衛門にはほとんどきこえていなかった。憤然と立ちあがり、弁当部屋を出ていった。

七つ（午後四時）の太鼓が鳴った。下城《げじょう》の知らせだ。

半左衛門は同僚たちよりも一足先に詰所《つめしょ》である虎之間《とらのま》を出た。

急ぎ足で玄関に行き、外の大気を吸った。空を見あげる。じき真冬が到来するという頃だが、その気配はまるで感じさせず、青々と澄んだ空の西側に太陽が明るく輝いている。どこか夏の太陽のようだ。

歩を進めた半左衛門は、内桜田門《うちさくらだもん》を出ずにその脇にある長い腰かけに座りこんだ。目をじっと下城橋に注ぐ。

腰の愛刀に手をやる。この刀は戦国の頃から、気が遠くなるほど長いあいだ上田家の家宝であり続けてきた。無銘だが、いかにも斬《き》れ味よさそうな剛刀だ。

この刀がこれまで人の血を吸ったことがあるかわからない。

いいのか。

半左衛門はもう一度自らに語りかけた。

やるしかない。

半左衛門は、紙田《かみた》道場で厳しい修行をしたときを思いだした。道場にはもうずいぶん長いこと行っていない。最近は刀を抜いたことすらない。

だが、きっと体が覚えているだろう。

わしは紙田道場では知られた遣《つか》い手だったのだから。

やがて、次々と下城する者の姿が目につきはじめた。書院番の者も大勢やってきた。

半左衛門がいるのに気づいて、どうしてここに、ときく者もあったが、半左衛門はちょっと休んでいるだけにござる、と答えた。

書院番の者たちは、いかにも気がかりそうな顔でその場を去ってゆく。

それからさほどたたないうちに、武藤源太郎が書院番の同僚二名とともにやってきた。

半左衛門は立ちあがった。

目を血走らせた半左衛門が近づいてきたのを見て、源太郎が目をみはる。

「なにをする気だ」

源太郎は半左衛門の本気を察したようで、刀に触れたが、刀には柄袋《つかぶくろ》がされている。

半左衛門は抜刀し、袈裟《けさ》に刀を振りおろした。ほとんど手応《てごた》えがないままに源太郎が血しぶきをあげて地面に倒れこんでゆく。そのまま身動き一つしない。

血というものがこんなにも人の体から出てくるものだと、半左衛門ははじめて知った。信じられないくらいの量の血が、死骸《しがい》の横にたまってゆく。

血だまりとはよくいったものだな。

そんな思いを胸に抱きつつ、半左衛門はそっと愛刀に目をやった。血糊《ちのり》で曇っている刀は傾いた日の光を浴びて、ぎらりと輝きを帯びた。

「思い知ったか」

半左衛門は死骸に罵声《ばせい》を浴びせた。

そばにいる二人は、背中に棒でも差しこまれたかのようにかたまっている。

次々に下城橋を渡ってくる者たちが異変に気づきはじめた。

「どうされた」

「なにがあった」

いいざま何名かが駆け寄ってくる。

その言葉に我に返った二人の同僚が、ほんの半歩だけ半左衛門に近づいた。

「上田どの、まずは刀を捨てられよ」

半左衛門はぎろりと見、高く刀をかざした。うおっと叫んで同僚はうしろに下がった。他の侍衆も同じだった。

ぺっと死骸に唾《つば》を吐きかけると、半左衛門は駆けだした。内桜田門が迫る。

数名の警衛の士がなにごとかと前に立ちはだかろうとしたが、血塗られた抜き身を目にした途端、扉がひらくように脇へどいた。

半左衛門は一気に門を抜けた。門の外で待っていた供の前も駆け抜ける。

「殿っ」

供の者たちが呆然《ぼうぜん》と声を発する。一人が、どうされました、と追いかけてくる。

「来るなっ」

半身《はんみ》になった半左衛門は一喝し、供の者の足がとまったのを見て、再び走りだした。

二

山内修馬《やまうちしゅうま》がつぶやく。

「こりゃひどいな」

柄袋に右手をかけた姿勢で、侍が地面に横たわっている。流れ出たおびただしい血が土を泥のようにしている。むっとするような生臭いにおいが鼻を突く。

侍は苦悶《くもん》の表情を浮かべた横顔を見せている。目は両方ともかっと見ひらいていた。最期《さいご》の瞬間に目にしたものはいったいなんだったのか。

それにしても、と勘兵衛《かんべえ》は思った。まさか今日、こんな形で死ぬなど、朝起きたときは思いもしなかったにちがいない。

いや、それどころか死の寸前まで、そんなことは一瞬たりとも考えなかったにちがいない。その驚きが、顔にくっきりと刻みこまれている。

死骸のそばに、すくんだように突っ立っている二人の侍がいる。顔色をなくしたこの二人は、死者の武藤源太郎の同僚とのことだ。

死骸を見つめて、勘兵衛は、下手人はかなり遣えるな、と感じた。一撃でここまでやれるというのは並みの腕ではない。

勘兵衛たちの上役で徒目付頭《かちめつけがしら》の飯沼麟蔵《いいぬまりんぞう》が、二人から事情をきいている。

しばらく二人と話をしたあと、寄れ、というように勘兵衛たちを手招いた。

麟蔵は、どういう状況で武藤が殺されたか、そして誰がこんな真似《まね》をしたかを告げた。

「よいか、上田半左衛門をとらえろ」

冷徹さを感じさせる声で麟蔵が命じる。

「わかりました」

勘兵衛は答えた。横で修馬も深くうなずく。

「お頭《かしら》、上田半左衛門は屋敷でしょうか」

「屋敷に逃げこんでおれば、おそらくもう生きてはおるまい」

死に場所として屋敷を選んだというのだ。

「もし屋敷にいなかったら」

麟蔵が冷たい一瞥を修馬にぶつける。

「捜しだせ。——おい、勘兵衛」

「はい」

勘兵衛は緊張して答えた。

「上田半左衛門の顔を知っているな」

「はい、わかります」

「よし、行け」

麟蔵が顎をしゃくる。

「そこの者たちを連れていけ」

麟蔵の目の先には、六名の徒目付づきの小者《こもの》が立ち並んでいた。

ありがとうございます。勘兵衛と修馬は麟蔵に一礼し、体をひるがえした。

徒目付の他の同僚たちも、麟蔵の命を受けて動きだしている。

「それにしても勘兵衛、たいへんなことになったな」

道を急ぎつつ、修馬がいう。

「ああ、まさか書院番同士とはな」

「顔を知っているといったが、人となりも知っているのか」

「いや、俺がいたのとは別の組だからな、そこまではさすがに知らぬ」

「だが勘兵衛、こういってはなんだが、武藤どのはつまらぬ理由で殺されたものよな」

修馬が苦い顔でいう。

「まったくだ」

麟蔵の話だと、まるで子供の喧嘩《けんか》としか思えない。きけば、二人ともすでに四十近いというのに。

しかも禄高《ろくだか》は両家ともにちょうど千石《ごく》だ。旗本《はたもと》としてそれなりの大身《たいしん》といえるのに、どうしてこんなことになってしまったのか。

勘兵衛には暗澹《あんたん》たる思いしかない。

九年もの年月、ずっといさかいを続けていたそうだからお互いたまりにたまったものがあったのだろうが、こんなつまらない理由でどうして人が殺されなければ、そして人を殺さなければならないのか、勘兵衛にはさっぱりわからなかった。


上田屋敷は赤坂門《あかさかもん》近くの駒井小路《こまいこうじ》に面して建っている。

屋敷はひっそりとしていた。じき地平の彼方《かなた》に沈もうとしているやわらかな陽射《ひざ》しを浴びて、庭の木々が橙《だいだい》色《いろ》に染まっているのが眺められる。

その上を、なにか楽しいことでもあるのか、小鳥たちがさえずりつつ飛びまわっている。かしましいのはそれぐらいで、あとはなんの物音もきこえてこない。

「屋敷の者はもう知っているのかな」

勘兵衛をちらりと見て修馬がきく。

「おそらくな。供の者がなにが起きたか、すでに知らせたはずだ」

勘兵衛はがっちりと閉じられた門の前に立ち、そっとなかの気配をうかがった。討《う》っ手《て》を迎えて一戦をまじえようとしているかのような、物々しい雰囲気は伝わってこない。

うなずきかけると、修馬が訪《おとな》いを入れた。

くぐり戸脇の小窓がひらき、初老の用人らしい者が顔を見せた。

修馬が身分を明かし、用件を告げる。覚悟を決めたような顔で、用人がくぐり戸をひらいた。

やはり知っているのだな、と勘兵衛は思った。

「半左衛門どのは戻っておらぬといったが、まことか」

くぐり戸を入って修馬が用人に問う。

「はい、まことでございます」

「なかを調べさせてもらうぞ」

用人は暗い顔を上下させた。

「ご存分に」

勘兵衛と修馬は式台《しきだい》にあがり、屋敷内に足を踏み入れた。小者たちには、二人一組になって捜すように命じた。

千石取りだからさすがに広い屋敷だった。くまなく捜したが、半左衛門の姿はどこにもなかった。

小者たちもすぐに戻ってきた。

勘兵衛たちは、来客用の座敷に顔をそろえている家族に話をきいた。

その座敷にいるのは、半左衛門の妻の千絵《ちえ》と、半左衛門の両親の二人。

千絵に抱かれるようにしている二人の男の子は幼く、嫡男のほうもまだ十に達していないだろう。

妻の千絵は、確かにさほどの器量ではない。しかし、妻としての落ち着きというものがしっとりと物腰からにじみ出ていて、容姿をいわれるほど醜い女ではなかった。

半左衛門は、この妻を深くいつくしんでいたという。

だからこそ妻のことを馬鹿にされ、ついに堪忍袋の緒が切れたというところもあったのだろう。

だとすると、半左衛門は千絵の実家ともきっとうまくいっていたのではないか。そちらに逃げたことも考えられるが、もう別の徒目付が赴いているはずだ。

千絵も両親も沈鬱《ちんうつ》な顔をしている。夫であり、せがれでもある当主がとんでもないことをしでかしてしまったのだから、それも当然だろう。

千絵たちは、半左衛門がどこに行ったか知らない、と口をそろえた。心当たりもないという。

三人はただただ呆然としており、半左衛門がしてしまったことにひたすら恐れおののいている。

ただ、自分たちがもうどうすべきかわかっており、覚悟を決めているような顔にも見て取れた。

まさか自害などしなければいいが。

勘兵衛は、寄り添うようにしている五名の家族をじっと見た。

半左衛門が長年武藤源太郎と仲が悪かったのは、三人とも半左衛門自身からきかされて知っていたという。

「上田どのに側女《そばめ》は」

修馬がきくと、千絵がふっと顔をあげた。その瞳にちらりと怒りが動いたように勘兵衛には見えた。

「おりませぬ」

きっぱりと告げた。

「外に囲っているようなことも」

「ありませぬ」

これで勘兵衛たちは切りあげた。六人の小者は上田屋敷の門前に残すことにした。

「誰も入れるな。そして誰もだすな」

修馬がかたく命じる。

「それから、家族のそばに二人ばかりいてくれ。いいか、決して目を離すんじゃないぞ」

勘兵衛の意を汲《く》んだようにつけ加える。

勘兵衛たちは城に戻りはじめた。

「おい勘兵衛、上田家はどうなるんだ」

「修馬、もうわかっているんだろう」

勘兵衛は力なく口にした。

「そうか、取り潰しか」

城に帰った勘兵衛たちは、詰所で麟蔵に顚末《てんまつ》を報告した。

「わかった」

麟蔵がかたく腕を組む。

「そうか、家族にも半左衛門の行き先に心当たりはないか」

麟蔵は鎌田三之丞《かまたさんのじょう》に会っていたそうだ。三之丞は、半左衛門と源太郎が属していた書院番の組頭《くみがしら》だ。

「鎌田どのもなにも知らぬ。配下の不始末に対する自身の責任に関して、ただ動転しているだけだ。自らの将来が消えてしまったことを悲観しているのみで、配下の者の死などろくに悼んでいなかった」

おもしろくなさそうに麟蔵が頬をふくらます。

「半左衛門は、妻の実家のほうにも逃げておらぬ。——勘兵衛、修馬。書院番の同僚たちに話をきいてこい。武藤と一緒に下城しようとしていた二人はなにも知らぬ。半左衛門と親しかった別の者を見つけろ」

わかりました、と勘兵衛はいったが、すぐにはその場を去らなかった。

「お頭、町方《まちかた》に手を借りますか」

「それがよかろう、とわしは考えている。町地《まちち》に逃げこまれたら町方に頼るしかほとんど道はないからな。もし今日見つからなかったら、伯耆守《ほうきのかみ》さまに申しあげるつもりでいる」

伯耆守というのは麟蔵の上役にあたる崎山《さきやま》伯耆守のことで、十六人いる目付《めつけ》の一人だ。麟蔵から報告を受けた崎山が目付を支配する立場にある若年寄《わかどしより》に上申し、若年寄が町《まち》奉行《ぶぎょう》に上田半左衛門捕縛《ほばく》の命をくだす。

この手順を踏めば、町奉行所が旗本をとらえることができるようになるのだ。

書院番の同僚たちは事件のことを知らず、屋敷に帰った者がほとんどだった。

勘兵衛と修馬は、半左衛門と同じ組の書院番の者を一軒一軒、夜が更けてゆくのもかまわずに訪ねていった。

組の誰もが、半左衛門が源太郎を斬り殺したときいて、それほど驚かなかった。予期していたとまではいわないものの、そういうことがあったところで不思議ではない、という思いを持っているとの印象を勘兵衛は誰からも受けた。それに、多くの者が異様なぎらつきを目にたたえた半左衛門の姿を内桜田門のところで見ており、こういうことになるのでは、と怖《おそ》れを抱いていたようだ。

抱いただけで、なにもしようとしなかったのはいかにも今の侍らしかったが。

半左衛門と親しい同僚は三人ほどいた。

仲裁は何度も試みました、と三人は三人とも同じようにいった。

「でも、どうしても駄目だったのです」

最後に訪問した、半左衛門と最も親しかったらしい同僚の一人がしみじみとした口調で言葉を紡いだ。

「馬が合わぬというのか、二人とも互いの顔を見ると鋸《のこぎり》の歯でも肌に当てられたような気分になっていたみたいです。それがしたちもいつしか匙《さじ》を投げていました。武藤どのが亡くなったというのにこんなことをいうのは不謹慎かもしれませぬが、それがしたちにはどうすることもできなかったのです」

三

わめき声や怒鳴り声がきこえるのかと思っていたが、そういうことはなかった。

南町《みなみまち》奉行所同心《どうしん》の稲葉《いなば》七十郎《しちじゅうろう》は、目の前の料理屋に目を当てた。

のぼってから一刻《いっとき》（約二時間）ほどたった朝日が建物を照らしている。光を吸いこむようにしっとりとした輝きを帯びる黒壁が、いかにも老舗《しにせ》といった雰囲気を醸しだしている。

庭に立つ背の高い木々もすっかり葉を落とし、流れる風にいかにも寒そうに身を縮めて枝を揺らしているのが黒塀越しに眺められた。

「静かですね、旦那《だんな》」

うしろから中間《ちゅうげん》の清吉《せいきち》がいう。

「あわてて駆けつけたのに、なんか拍子抜けですね。逃げちまったんじゃあないですか」

「いや、そういうわけではなさそうだぞ」

七十郎は懐《ふところ》に大事にしまってある十手《じって》を取りだした。

「まちがいなくいる」

七十郎と清吉の二人は自身番《じしんばん》からの通報を受けて、ここ麻布谷町《あざぶたにまち》に急ぎやってきたのだ。

目の前に建つ料亭は取手屋《とりで》というが、そこに侍が立てこもっているという。奉公人の女中を人質にしているとのことだ。

「気配を感じますか」

「気を荒立てているんだろう、殺気がさざ波みたいに伝わってくる」

「じゃあ、女中を道連れにあの世に逝《い》くってのは……」

「脅しではないかもしれんな」

「でも旦那、道連れってそのお侍になにがあったんですかね」

「そうだな。女中を無事に取り戻すためには、理由を知っておくほうがよさそうだ」

やがて多くの捕り手が集まってきた。三十人以上にふくれあがり、店の裏手にも十名以上の者が配置された。

店の者によると、立てこもっているのは贔屓《ひいき》にしてくれている旗本の一人だそうだ。

「名は」

七十郎は、店の外に出てきている店の主人にたずねた。主人のうしろには、店の奉公人らしい男女が十何人か顔を並べているが、誰もが不安そうに店のほうへ目を向けている。

「上田半左衛門さまと申されます」

あるじがそっと口にする。

半左衛門は昨夜の六つ半（午後七時）くらいに一人で店に来たのだが、そのときから様子がおかしかった。着物にはなにか血らしい染みがついているように見えたが、定かではなかった。座敷で酒を浴びるように飲んだという。

「ふだんはそんなに飲まぬのか」

「ええ、お好きはお好きですが、がぶ飲みされるようなことはありません」

「がぶ飲みの理由は」

「存じません。きけるようなご様子ではございませんでしたから」

「朝までずっと飲み続けたのか」

「いえ、深夜、そうですね、九つ（午前零時）をまわった頃におやすみになりました」

「その座敷でか」

「いえ、別の部屋でございます」

「ここは泊まれるのか」

「はい、一応、お帰りができなくなったお方のためにお部屋を用意させていただくこともございます」

「女つきか」

あるじはあわてて手を振った。

「滅相《めっそう》もない。そのような真似は、老舗の暖簾《のれん》に懸けてもいたしません」

「どうして女中が人質に」

「朝餉《あさげ》の支度《したく》ができたことを、申しあげにまいっただけでございます」

女中が襖《ふすま》越《ご》しに声をかけたところ、いきなりひらいた襖の敷居際《しきいぎわ》に抜き身を手にした半左衛門が立っており、女中を部屋に引きずりこんだのだ。

その上で、店の者に外に出てゆくように命じたのだという。さもなくば今すぐ二人で死んでのけるといったとのことだ。

「あの、お役人。お由真《ゆま》は大丈夫でございましょうか」

あるじが気がかりを面《おもて》に浮かべてきく。奉公人たちも同じ表情だ。

「無事に助けだすための最善の方策はとるつもりだ」

今の七十郎にいえるのはこれくらいのものだった。

「上田半左衛門どのは旗本といったが、大身なのか。我らでは、そうそうこちらの敷居をまたげそうにないものな」

「はあ、あの、上田さまは――」

あるじが身分を告げる。

「まことか」

七十郎は驚いた。さっとうしろを振り返る。

「清吉。頼む」

わかりました。尻《しり》をはしょるようにして、清吉が駆けだしてゆく。

「なあ勘兵衛、男が馬鹿をしでかしてしまった場合、なにをする。たとえば、勘兵衛ならなにを」

「そうだな。腹を切るか」

「だが、上田半左衛門は屋敷に戻っておらぬ。切腹する気はないということだよな」

「かもしれぬ」

「死ぬ度胸もないままに、もしそういう立場に置かれたら俺だったらどうするか」

「ふむ、どうする」

「女を抱くか、酒を飲むかだな」

「なるほど。としたら、上田半左衛門はその手の場所にいるということだな」

「そうだ。ただ上田半左衛門の場合、内儀《ないぎ》しか女がいなかったというのはまちがいないようだ」

「ああ、俺もそう思う。これまで何人もの同僚に当たってきたが、一人として女絡みのことをいう者はおらぬからな」

「となると、女を置いてない飲み屋、ということにならぬか」

そういうやりとりがあって、勘兵衛と修馬は早朝から半左衛門の数少ない友の屋敷を再度訪問し、よく飲みに行っていた料亭や料理屋を四軒、ききだしたのだ。

最初の二軒に半左衛門はいなかった。

「次はどこだ、勘兵衛」

「麻布谷町だ」

「なら、近いな」

しばらく行ったとき勘兵衛は、行きかう人たちを弾き飛ばしかねない勢いで道を駆けてくる男を見つけた。あれは、とじっと眺めた。

もうもうと砂埃《すなぼこり》をあげつつ近寄ってきたところで、声をかけた。

「清吉ではないか」

呼びとめられた男は草履《ぞうり》の裏を滑らせるようにしてとまった。

「ああ、これは久岡《ひさおか》さま」

清吉は顔中に汗をしたたらせている。冬のさなかなのに着物はぐっしょりで、桶《おけ》の水でもかぶったかのようだ。

「どうした、そんなにあわてて」

「ああ、よかった」

清吉は安堵《あんど》を一杯にあらわし、ほっと息をついてみせた。

「今、お二人を呼びにまいるところでした」

店に近づくにつれ、野次馬らしい者たちが通りにたくさん集まっているのが見えてきた。その輪の内側には多くの捕り手の姿がある。

「ああ、久岡さん、山内さん」

七十郎が手をあげた。

「それにしてもずいぶんはやいですね」

そのわけを清吉が説明する。

勘兵衛たちは七十郎から事情をきいた。勘兵衛は、上田半左衛門がなにをしたのか、七十郎に話した。

「誰かなかに入ったのか」

「いえ、誰も」

七十郎がかぶりを振る。

「上田どのが御書院番であるのがわかった以上、それがしどもは手だしをせぬほうがよいのでは、ということになりました。むろん、人質は心配ですが」

「ここは我らにまかせてくれ」

修馬がいい、七十郎の背後に目を向けた。そこには七十郎の直属の上役である寺崎《てらさき》左《さ》久馬《くま》がいる。

「よろしいでしょう」

寺崎が端整な顔を上下させる。

「捕り手はこのままにしておいてよろしいかな」

「ええ、お願いします」

勘兵衛は頭を下げた。

「それがしどもが万が一取り逃がしたとき、とらえてください」

「わかりました」

寺崎が目に深い色をたたえて答えた。

勘兵衛は取手屋の入口に立った。暖簾越しに、広い廊下が三間《さんげん》（約五・四メートル）ほどまっすぐ続き、左に折れているのが見える。その手前に右にあがる階段があり、上田半左衛門は二階の一番奥の座敷にいるとのことだ。

清吉から捕縄《とりなわ》を借り、勘兵衛と修馬はなかにずいとあがりこんだ。

「勘兵衛、草履のままでいいのか」

勘兵衛はふっと笑いが出た。

「かまわぬだろう」

気持ちをやわらげるために修馬がわざといってくれたのはわかっている。勘兵衛はこわばっている頬を手でもみほぐした。

「勘兵衛、やつは遣えるのだよな」

修馬がささやきかける。

「ああ、かなりのものだろう」

「大丈夫か」

勘兵衛はにっと笑った。

「修馬、はなから俺にまかせる気でいるのか」

「当たり前だ。俺になにができる」

「だったらどうしてついてきた」

「勘兵衛を一人で死なせるわけにはいかぬ」

「俺が殺《や》られたら、修馬も死んでくれるというのか」

「そのつもりだ」

「その気持ちはありがたいが、俺は死ぬ気などないぞ」

勘兵衛はもう一度笑った。

「安心しろ、修馬。必ずとらえてやる」

階段を静かにゆっくりとあがる。うしろを修馬がついてくる。

二階に着いたところで勘兵衛は刃引きの長脇差の鯉口《こいぐち》を切り、いつでも引き抜けるようにした。

人けの絶えた料亭は不気味に静まりかえっている。耳を澄ませたが、上田半左衛門らしい男の声も女中のものと思える悲鳴も耳に届かない。

廊下を慎重に進み、勘兵衛は奥の間の前で足をとめた。

ここだな、と無言で指を差す。そうだというように修馬がぐいと顎を引く。

勘兵衛はなかの気配をうかがった。

静かなままだ。

まさか二人とも果ててしまったのか。いやな予感が脳裏を通りすぎる。

その思いを外に追いだして、勘兵衛は襖に手をかけた。もう一度、なかの様子を探る。

人の気配はやはり感じられない。もし死んでいないのだとしたら……。

息をととのえ、修馬を見る。

修馬の顔がずいぶんとかたい。勘兵衛は笑いかけた。

修馬は意外そうにしたが、気づいたようにそっと肩から力を抜いた。姿勢が自然なものになった。

行くぞ。ささやきかけて、勘兵衛は一気に襖をあけた。

八畳ほどの座敷だ。まんなかに布団は敷いてある。その上に女中らしい女が横たわっている。

勘兵衛はひざまずき、女の様子を確かめた。

「生きているか」

修馬がきく。

「ああ、どこにも怪我《けが》はないようだ。気絶しているだけだ」

この部屋に半左衛門はいなかった。

「どこへ行った」

修馬がまわりを見渡していう。歩を進めて隣の間に通ずる襖をあけようとした。その瞬間、殺気らしいものを勘兵衛は感じた。危ないっ。叫びざま、修馬に体当たりを食らわせた。

修馬が吹っ飛ぶ。横から突きだされた刀を勘兵衛は半身になって避けた。体勢を入れかえるようにして、向き直る。

そこにいたのは一人の侍だ。部屋のなかは外の光が届かず薄暗いが、刀を構えて立っているのが上田半左衛門であるというのはわかった。

きまじめでいつも身ごなしをととのえているという印象があったような気がするが、目の前の男は着流しの着物の裾《すそ》が乱れ、そこから毛臑《けずね》が見えている。よれたように体に巻いてある帯には、脇差が差しこまれている。

目は血走り、右の目のところには目やにがたっぷりとついている。鬢《びん》の毛も寝癖なのか逆立っていた。

まだ酒が残っているようで、体はどこかふらついている。刀尖《とうせん》も定まらない。

「おい、大丈夫か」

うしろの修馬に声をかけた。

「ああ、大丈夫だ」

背後で修馬が立ちあがった気配がした。

「勘兵衛こそ大丈夫なのか」

「ああ、怪我はない。まかせておけ」

「ああ、まかせた」

勘兵衛は半左衛門を見据えた。

「刀を捨ててもらいたい」

「おまえら、徒目付だな。――おぬし、そのでかい頭は覚えておるぞ。前は書院番だったよな。名は……久岡勘兵衛だ。ちがうか」

「そうだ。上田どの、刀を捨てられよ」

「いやなこった」

半左衛門は勘兵衛のうしろに目を投げた。

「その女を返してくれ。一緒に死ぬ約束をしたんだ」

「駄目だ。この女中はそんな約束などしておらぬ。酔いがそう思わせているだけだ」

「わしは酔ってなどおらぬぞ」

「いや、酔っている。さあ、はやく刀を」

勘兵衛は踏みだした。

「冗談ではない。おぬし、わしらの死出の旅路を邪魔するのか」

怒りに顔をゆがめ、斬りかかってきた。勘兵衛はかわし、半左衛門の腹に拳《こぶし》を叩《たた》きこもうとした。

半左衛門は酔っているとは思えない足さばきでひらりとかわし、刀を逆胴《ぎゃくどう》に振ってきた。

思わぬ反撃だったが、勘兵衛は余裕を持ってよけた。

しかし予期した以上に遣える。道場ではかなり鳴らした口だろう。

「ほう、やるな。さすがに久岡勘兵衛だ。書院番随一といわれただけのことはある」

半左衛門が刀を構え直した。

「おぬしなら道連れとして不足はない」

いうや刀を胴に振った。

勘兵衛はここではじめて長脇差を抜いた。がきんと刀をはね返し、半左衛門がよろけた隙《すき》に横に出た。

がら空きの胴に長脇差をずんと入れようとしたが、半左衛門はあっという間に備えの姿勢を取った。

「おい勘兵衛、手を貸そうか」

「いらぬ」

勘兵衛はにべもなくいった。

「そこで黙って見ていてくれ」

下手《へた》に手だしをすれば、修馬ではやられかねない腕前だ。

「そうだ、手をだすな。おぬし程度の男では道連れとしてつまらぬ」

いい放って半左衛門が八双《はっそう》に構え直した。そこからやや浅めの袈裟に刀を繰りだしてきた。

勘兵衛はこれも打ち払い、一気に懐に迫った。

半左衛門は必死に刀を引き戻し、横に振ってきた。勘兵衛はそれも打ち落とした。

刀に腕を持っていかれた半左衛門が大きく体勢を崩す。襖を突き破って廊下に出た。

すぐさま勘兵衛は追い、半左衛門の正面に立った。

「刀を捨てろ」

「いやだ。わしは斬り死にするんだ」

「ならば、それがしが斬ってやろう」

勘兵衛は気迫を表にだし、一歩前に進んだ。

その迫力が伝わったか、途端に半左衛門は酔いが抜けた顔になった。

「わかった。刀は捨てる」

いつからか半左衛門が涙を流している。

「源太郎は死んだ。わしだってつかまってはただではすまんだろう。だがわしは後悔などしておらぬぞ。やつを殺す前、本当にやってよいのか、さんざん考えたんだ。それで殺ると決めたんだ。家が潰れようが、それ以上にやつの息の根をとめたかった。もうあれ以上、やつの顔を見るのは耐えられなかった」

刀を投げ捨てた。音を立てて刀が廊下を転がる。

半左衛門はそれを無表情な瞳で追っている。

「脇差もだ」

半左衛門は帯に脇差があるのに気がついた顔をした。手を伸ばし、すっと鞘《さや》から引き抜いた。

歯をぐっと食いしばるや、脇差を首筋に持ってゆく。

やめろっ。勘兵衛は怒鳴り、長脇差を捨てて半左衛門の懐に飛びこんでいった。

激しくもみ合う。

力がそれほどあるようには見えなかったが、死ぬ覚悟でいる者の力は火事場で発揮される以上のものがあるようで、勘兵衛は一度は廊下に押し倒されかけた。

なんとかこらえ、逆に足払いを食らわせた。半左衛門は背中から廊下に倒れこんだ。

勘兵衛の手には脇差が残った。呆然と天井を眺めて廊下に横たわる男を見つめ、勘兵衛は、はあはあと荒い息を吐いた。それだけ半左衛門には力をつかわせられた。

「殺せ、殺してくれ。それが駄目なら、腹を切らせてくれ。な、頼む、お願いだ」

勘兵衛はなにもいわなかった。

無駄な叫びであるのがわかると、涙で顔をぐしゃぐしゃにした半左衛門はごろりとうつぶせになり、床板を叩きはじめた。

「くそっ。なんでこんなことに……」

横に修馬が来た。

「大丈夫か」

「ああ」

「捕縄を貸してくれ」

勘兵衛が渡すと、修馬は半左衛門を起きあがらせ、体にがっちりと縛《いまし》めをした。舌を嚙《か》めないように手ぬぐいで猿ぐつわもかけた。

「よし、これでいいだろう」

修馬がほっとしたようにいう。

それを見た勘兵衛は通りに面している部屋に行き、そこの障子をあけた。

「来てくれ」

下にいる七十郎と寺崎に合図をした。

七十郎たちはすぐにやってきた。

「女中のほうを見てやってくれ。当身《あてみ》を食らわされたのか、気絶している」

「わかりました」

七十郎が答え、清吉や他の中間が女中の介抱をはじめた。

「この男は我らが引き取りますが、よろしいですね」

修馬が寺崎に確認を求めた。

「むろん」

修馬が座敷にあった羽織を半左衛門の頭にかぶせる。これで往来を行っても、誰と見とがめられることはない。

「では、これで失礼いたす」

修馬が寺崎にいい、半左衛門を引っ立ててゆく。

「それがしも失礼いたします。あとで、それがしから寺崎どのには説明にあがります」

勘兵衛は一礼し、七十郎に目礼してからその場を離れた。

店の外に出る。野次馬たちから歓声があがった。お見事、とか、やったね、とかきこえてくる。

「おい勘兵衛、芝居の主役になったような感じだな」

城に向かって歩きながら、縄をかたく握った修馬がささやきかけてくる。

「そうだな。悪い気分ではない」

だが、どちらかといえば勘兵衛の気分は重かった。半左衛門をとらえることはできたが、どのみち死はまぬがれないのだ。

あそこで死なせてやったほうがよかったのでは、という気がちらりとかすめていったが、あれでよかったのだ、と思い直した。

あんなところで死なれたら、取手屋だって迷惑だったはずだ。

「でも勘兵衛、思いきりやってくれたよな」

修馬が首筋を片手で押さえて、ぼやくようにいう。

なんのことだ、と思ったが、すぐになにをいいたいのか知れた。

「体当たりか。あれは仕方なかろう。ほかに手がなかった」

「そりゃわかるが、ここが痛い」

「でも、あれは自業自得《じごうじとく》だよな」

「まあ、そうだな。油断してあの部屋に入ろうとしたのがまずかったよな。次からは気をつける。それに、勘兵衛に命を助けられたのは事実だな。礼をいっておく」

すぐに修馬は顔をしかめた。

「それにしてもこの男――」

じろりと半左衛門をにらみつける。

「俺程度では道連れにはつまらぬ、とぬかしやがった」

勘兵衛は笑った。

「その程度の腕しかないのだから、仕方なかろう」

四

十本ばかりの大ろうそくが灯《とも》されているせいで、本堂内は夕闇《ゆうやみ》ほどの明るさに保たれている。

閉めきられているせいで風など一切ないが、渦巻く熱気のためか、ろうそくの火は常に揺らめきを帯びている。

隅の柱に背を預けて座っている岡富左源太《おかとみさげんた》は賭場《とば》を見渡した。

今、三十名ほどの客が入っている。いずれもさいころに突き立てるような目を向けている。とにかく勝負に集中しており、妙な真似をしようとする者はいない。

ただし、気をゆるめることはできない。いつ負けがこんだ者が暴れださないとは限らないからだ。

あばれろ。左源太はそう願っている。そのほうがこの血のたぎりを静めてくれるにちがいない。

「旦那」

横から声がした。

左源太は物憂げな目を向けた。そこには寅吉《とらきち》一家の子分の一人である健造《けんぞう》がいた。

「なんだ」

「おかしなやつはいねえですか」

「今のところはな」

健造は左源太の隣に膝をついた。

「あっしはね、はやく旦那が刀を振るうところを見たいんですがね」

「なんだ、おまえ」

左源太はぎらりとした光を瞳に宿らせた。

「俺の腕を信用しておらぬのか」

「いえ、いえ」

健造があわてて手を振る。

「その逆ですよ。信用してるからこそ、はやくどんなものか見たくてならないんですよ」

ふん、と左源太は鼻を鳴らした。

「うめえことをいうじゃねえか」

左源太はわざとべらんめえ口調にした。

「いや、ほんとですよ。でも旦那、怖い目されますねえ。ほんと、びびりますよ」

左源太自身、それは感じている。寅吉一家の用心棒になってまだ半月とたたないが、夜の色が射したかのように目が暗くなっているのがわかる。以前にはなかった凄《すご》みが顔全体にあらわれてきている。

この賭場があるのは最龍寺《さいりゅうじ》という寺だ。寺は麻布本村町《ほんむらちょう》にあり、いかにも貧乏寺といった風情《ふぜい》である。

住職は顔も頭も脂ぎり、金さえあればこの世は極楽といった感じの男で、やくざ者に本堂を貸すことに良心の呵責《かしゃく》などひとかけらも感じていない様子に見えた。

この寺が何宗かも左源太は知らない。もともと仏さまなどろくに信じてはいない。なんだろうとどうでもよかった。

本堂に本尊は安置されている。年月はろくになさそうなのにみすぼらしさだけが目立つ仏像で、仮に売ったところで二束三文《にそくさんもん》だろうというのは想像がついた。

麻布本村町は客を集めるのにさほど手間を要しないところに位置し、最龍寺は、賭場をひらくのにこれ以上は望めそうもない格好の場所にあるといえそうだ。

賭場が終わるのは深更の八つ（午前二時）と決まっている。

なにも起きないのをいいことに、左源太はいつしか隅で居眠りしていた。

目が覚めたのは、てめえっ、と怒鳴り声がきこえてきたからだ。

はっとして首を伸ばし、そちらを見た。

誰かが暴れている。いかさまだ、と叫んでいた。金を返せ。

寅吉一家の子分たちが、なにいってやがる、とその男を囲んで袋叩きにしようとしたが、逆に何人かが床に叩きつけられ、壁に向かって放《ほう》り投げられた。

さほど膂力《りょりょく》があるような体つきには見えないのに、怪力といっていい。

他の客たちはおびえたようにうしろに下がり、乱闘をこわごわと見ている。

子分たちはついに丸腰の客に対して、匕首《あいくち》を抜いた。

男はひるまない。匕首を軽々と避けては拳を振るい、投げを打って子分たちをひたすらはね返している。

腕がちがいすぎる。町人《ちょうにん》らしいが、どうやら剣術道場でかなり鳴らした口ではないか。

それでも、と左源太は余裕を持って思った。俺のほうがはるかに上だな。

旦那っ。健造が飛んできた。

わかってるよ、とばかりに左源太は立ちあがり、柱に立てかけておいた刀を腰にぐいと差した。

「しかしおめえらもだらしねえな」

「いや、でもあの野郎、強いですよ」

「おめえらが弱すぎるんだよ」

肩を一つ揺すってから歩きだす。こんなところにも、これまでの部屋住暮《へやずみ》らしではなかった仕草がしみついている。

頬桁《ほおげた》を張られて吹っ飛んだ子分をまたぐようにして、左源太は男に近づいた。

「おい、俺が相手になるぜ」

ばっと男が振り向く。充血した目が左源太を射抜くように見た。

「用心棒か」

ぺっと床に唾を吐く。

「おもしれえ」

左源太を上から下まで見る。足元に転がっている匕首を拾う。

匕首を構え、いきなり突っこんできた。

左源太はあわてることなく体をひらいた。男は猪《いのしし》のように猛然と横を行きすぎてゆく。

足をとめ、くるりと振り向く。かわされたのが信じられないといった顔だ。もう一度突進してきた。

それも左源太はかわした。

ちょんと足をだす。縄にでも引っかかったように男がどたんと前に転がる。

腕の力をつかって一気に立ち、またも走り寄ってきた。

横に振られた匕首をほんの一歩動いただけで左源太は避け、腕をねじりあげた。

いてて。男が顔をゆがめる。

ぐっと力をこめると、男の手首からぽとんと匕首が落ちた。

肘《ひじ》をつかって男の顎を突きあげる。がつっと音がし、男がぐえっと悲鳴をあげてのけぞった。

床に倒れこもうとするのを許さず、腹に拳を叩きこんだ。

男は床に両膝をつき、片手で腹を押さえた。丸見えの首筋に左源太は手刀《しゅとう》を叩きこんだ。

男が床に額《ひたい》を打ちつけるようにしてうつぶせになる。

左源太は暗い怒りにまかせて背中を踏みつけた。顔を蹴《け》る。さらに髷《まげ》をつかんで顔を床に叩きつけた。

「この野郎、俺はずっと黙っていたのに、どうして駄目になったんだ。——許さんぞ、この野郎」

さらにがんがんと顔を叩きつける。子分たちがあわててとめに入る。

「旦那っ、待った。それ以上やったら死んじまう」

健造がうしろから抱きつく。

「とめるなっ」

左源太は怒鳴りつけた。

「おめえらだってこいつを殺そうとしてたじゃねえか」

「いや、あれは本気じゃないですって。怪我をさせればいいだけの話なんですから」

健造が必死にいう。

「いくら寺だって殺しちまったら、まずいですよ。人がいますから、必ず町方に知られちまいます」

賭場の客たちは、壁に背中を貼《は》りつけるようにして隅に立っている。

「そうですよ」

別の子分もいい募る。

「町方に目をつけられたら、必ず手入れがあります。寺社方に話をつければ、町方でも入ってこられるんですから」

わかったよ。左源太はいい、健造をじろりと見た。

「もうなにもしねえから、放せ」

「本当ですか。大丈夫ですか」

「ああ、信用しろ」

健造がそっと手をはずした。

こりをほぐすように左源太は首筋を叩き、その場を離れた。

「ほれ、とっとと起きねえか」

気を失った男が子分たちに抱えられるようにして本堂の外へ連れだされる。このまま寺の外に蹴りだされるのだろう。

左源太は柱のところに戻り、座りこんだ。

「しかし旦那は強いですねえ」

うしろについてきた健造が正座していう。憧《あこが》れのような色が瞳に浮かんでいる。

「たいしたことはねえよ」

「たいしたこと、ありますって」

顔を近づけてきた。

「やっとうのほうはだいぶやられたんでしょうねえ」

「剣術か。俺に才はねえ」

「そんなことないでしょう」

「そんなこと、あるんだっ」

左源太は声を荒らげた。

健造は頭でも殴りつけられたように首を縮めた。

「すみません……」

「いや、俺も怒鳴りつけたりして悪かった。すまぬ、今のは忘れてくれ」

「はあ……」

立ち去るかと思ったが、健造はなにかききたげな顔をしている。

「なんだ」

「あの旦那、こんなことおききしてよろしいのかどうか」

「はっきりいえ」

「黙っていたのにどうして駄目になった、というのはなんのことです」

左源太ははっきりと顔色が変わったのを覚えた。恥ずかしさで血が顔にのぼる。

「そんなこといったか」

低い声で脅すようにいう。

「えっ。ええ」

「本当か」

健造がうろたえて首を振る。

「いえ、あっしのききまちがいです。旦那はなにもいってません」

そそくさと立ちあがり、その場を去っていった。

左源太はため息をつき、天井を見あげた。

ろうそくの灯が届かない隅に、蛾《が》が一匹とまっている。身動き一つしない。

あいつはなにを考えて生きてるんだろうなあ、と左源太はぼんやりと思った。

でも、蛾のほうが楽かもしれぬな。人みたいにつまらない思いはしないですむものなあ。

それからは、賭場ではなにも起きなかった。だが勝負が白熱し、いつも通りの八つには終わらなかった。

賭場がおひらきになったのは、七つ半（午前四時）を少しすぎてからだった。

明け六つ（午前五時）の鐘が鳴り響き、東の空がしらみはじめているなか、左源太は健造たちとともに近くの煮売り酒屋へ行った。店は同じ麻布本村町にある。

「おう、佐太郎《さたろう》、来たか」

仲間の一人が奥の座敷から声をかけてきた。佐太郎は左源太の名乗っている偽名だ。まだどこかに旗本の部屋住であることを隠しておきたい気分がある。

「おそかったじゃねえか」

「ちょっと長引いたんでな」

この男は尾久之助《おくのすけ》といい、左源太と同じ部屋住だ。もっとも、身分はずっと低く御家人《ごけにん》だ。尾久之助の名字は知らない。別に知りたくもなかった。

尾久之助とはこの飲み屋で知り合った。寅吉一家の用心棒の仕事を左源太に世話してくれたのもこの男だ。

左源太は一杯だけ酒を飲んで、腰をあげた。

「なんだ、もう行くのか」

尾久之助がきく。

「ああ、血のたぎりをはやいとこ静めたいんだ」

「賭場でいざこざでもあったのか」

「まあな」

「いやあ、すごかったんですよ」

健造が話しだすのを横目に、左源太は外に出た。隣の建物に入る。

「あら、いらっしゃい」

年老いた女がしわがれ声でいう。しわも深く、腰も曲がっているが、小ずるそうな瞳の輝きはきっと昔からのもののはずだ。ただ、名だけはお里《さと》とけっこうかわいらしい。

「お了《りょう》はいるかい」

「ええ、いますよ。ちょうどよかったですねえ、あいてますよ」

女が二階に向かって声をあげる。

「お了ちゃん、佐太郎さんがお見えだよ」

左源太は階段をあがっていった。

「いらっしゃい」

襖をあけて、襦袢《じゆばん》一枚のお了がほほえんでいる。左源太はすいと体を入りこませ、布団の上にあぐらをかいた。

相変わらず布団はふかふかで、いい香りがしている。

「お酒、飲む」

「いや、いい」

左源太はお了を引き寄せ、布団に押し倒した。

「もう、せっかちなんだから」

いいながらお了は妖艶《ようえん》な笑みを見せた。

左源太はお了から襦袢を脱がせつつ、俺には似合いの人生だな、と心の片隅で小さくつぶやいた。

なぜか、最龍寺の天井の暗がりにいた蛾が思いだされた。

五

海からの風が強く吹きつける。それが生臭いものに勘兵衛には感じられた。

「おい勘兵衛、さすがにいい雰囲気とはいいがたいな」

修馬があたりを見渡している。

すぐ近くの海に浮かぶ舟が何艘《そう》か見えるし、遠浅の浜ではあさりか蛤《はまぐり》でもとっているのか、十名近い男女が腰を曲げている。

のんびりとしたものだが、この仕置場《しおきば》に身を入れてみると、そんな風景を楽しむような気持ちにはとてもなれない。

「臆《おく》したか」

勘兵衛はわざと笑みをつくっていった。

「馬鹿をいうな」

ここ鈴ヶ森《すずがもり》刑場の広さは横が四十間（約七二メートル）、奥行きが九間（約一六・二メートル）ほどだ。受刑者供養のために元禄《げんろく》年間に建てられた石碑が、のぼって半刻《はんとき》（約一時間）ほどたつ太陽の光を浴びて鈍く光っている。

「修馬、はじめてか」

「ああ」

修馬は顔をゆがめている。

「勘兵衛は来たことがあるのか」

「いや、俺もはじめてだ」

あたりは草がぼうぼうと生え、いかにも物寂しい。

遠くで犬の鳴き声がしている。勘兵衛たちがやってきたときには、数匹がすぐ近くにいた。首を切られてそのまま打ち捨てられる死骸も多いときくから、死骸を好んで食べているのか。

烏《からす》もぎゃあぎゃあと叫ぶようにして飛びまわっている。まるで勘兵衛たちを邪魔者として見ているかのようだ。

すぐそばが海なので潮の香りが濃いが、それ以上に血のにおいが立ちこめているように感じられる。

びゅうびゅうと吹き渡る風の音に、ここで死んでいった者たちの無念の叫びがこめられている気がする。実際、無実の罪を着せられて処刑されていった者も少なくないはずで、そういう者たちはこの世に強い未練を残して逝ったにちがいない。

「意外にせまいよな」

修馬が鬢の毛をなぶらせつついう。

「ああ、俺ももっと広いのかと思っていた」

「勘兵衛、仕置場はもう一つあるよな」

「ああ、千住《せんじゅ》近くの小塚原《こづかっぱら》だな。それがどうかしたか」

「上田半左衛門は、どうしてこっちになったんだ」

「生まれがこっちだからだ」

「えっ。上田屋敷は赤坂門そばだよな。では神田《かんだ》や浅草《あさくさ》の生まれだったら小塚原ということか。ふーん、そういうものなのか」

「近くのほうが大勢の血縁や知人が見に来るからな」

「なるほど、見せしめか」

修馬がまたあたりを見渡した。勘兵衛もつられて見た。

ほんのすぐそばを東海道《とうかいどう》が通っている。見せしめの場だから、これは当然だ。小塚原の仕置場も奥州《おうしゅう》街道沿いにある。

「おい、勘兵衛」

沈黙を怖れるかのようにまた修馬が呼びかけてきた。

「どうしてここは鈴ヶ森というんだ」

「さあ、知らぬな」

「物知りの勘兵衛でも知らぬか」

修馬がまじめな顔でいう。

「なんだ、修馬は知っているのか」

「おう」

修馬が腕を南に伸ばした。

「勘兵衛、あそこに見える社《やしろ》がなんだか知っているか」

勘兵衛は見つめた。修馬が指さす方向にこぢんまりとした森がこんもりとある。

「いや」

「あそこは磐井《いわい》神社というんだ。このあたりでは鈴ヶ森八幡《はちまん》といわれているらしいが」

磐井神社には鈴石《すずいし》といって、転がすと鈴の音《ね》が出る石があるのだという。

「なるほど、あの神社の森にそのような石があるから鈴ヶ森か」

勘兵衛は感心した。

「その鈴石だが、今もあるのか」

「さあな。どこか長州《ちようしゆう》のほうから持ってこられたらしいが」

「いつ誰が」

「知らぬ」

修馬が視線を東海道のほうに向けた。

「来たぞ」

「ああ」

東から射しこむ光を浴びて、縛めをされた上田半左衛門が評定所《ひょうじょうしょ》の役人たちに連れてこられた。護衛の小者が十名ほどついている。

勘兵衛たちとともに待っていた首打同心《くびうち》と二人の添介錯人《そえかいしゃくにん》がすっと立ちあがる。

勘兵衛と修馬は、検視《けんし》役人としてここまでやってきている。

首穴《くびあな》と呼ばれる穴が掘ってあるその正面に床几《しょうぎ》が二つ、しつらえられている。勘兵衛と修馬はそこに腰をおろした。

首穴の前に上田半左衛門は座らされた。右側とうしろから二人の添介錯人が半左衛門を押さえ、首を前に垂れさせる。士分だけに目隠しはされていない。

勘兵衛とまともに目が合った。うらみをたたえた目ではなかった。むしろ達観したような色が見える。

半左衛門が勘兵衛に向かって小さく会釈した。勘兵衛も返した。

一礼した首打同心が左側に立ち、刀を振りあげる。

勘兵衛は心の臓がどきどきしている。人を殺したことはあるが、こうして斬首《ざんしゅ》の瞬間を目の当たりにするのははじめてだ。

横で修馬も息をするのを忘れたかのような顔で、一心に見つめている。

ごめん。首打同心がいい、刀が振りおろされる。ひゅん。一瞬の風音がきこえ、次いで、ずんと重い音がした。

喉《のど》の前の皮のみ切られず、半左衛門の首がぐらりと前に垂れる。血が穴に向かって噴きだす。

添介錯人が手を添えてすばやく首を持ちあげ、上を見る。それに応ずるようにうなずいた首打同心がさらに刀を振るう。

最後の皮一枚が切られ、半左衛門の体はどさりと穴のなかに落ちていった。首は添介錯人の手のなかに残った。

添介錯人の手によって、首が勘兵衛たちに向けられる。

「お確かめください」

勘兵衛と修馬は立ちあがった。

「紛れもなく上田半左衛門どのの首です」

一礼した添介錯人によって首は首桶に入れられた。それが評定所の役人に渡される。受け取った役人は小者に渡した。評定所の役人の一行は東海道を城へ引き返してゆく。

首打同心と添介錯人たちも勘兵衛たちに挨拶《あいさつ》して、帰ってゆく。

死骸は穴に残されている。このままでは犬や烏の餌《えさ》だろう。

だからといって、勘兵衛たちが憐《あわ》れんで勝手に葬っていいものではない。

ここは黙って城へ引きあげるしかなかった。

「遺骸の引き取りは許されるのか」

「おそらく」

「では」

「夜になれば、遺族が引き取りに来よう」

「こっそりとか。夜にここに来たくはないな。葬儀は許されるのか」

「いや、駄目だ」

「寺に葬るだけか」

「それでもいいほうだ。獄門《ごくもん》になった町人は死骸をためし斬りにされるのだからな」

二人は東海道を歩きだした。朝日が右手の海で弾けてきらきらしている。白帆《しらほ》を掲げた舟が一艘、すぐ近くで網を曳《ひ》いている。

平和な光景だ。今、ここで一人の侍が命を絶たれたなど、信じられない。

「勘兵衛、すさまじいものだな」

無言だった修馬が口をひらく。

「まったくだ」

「皮一枚残して、というのはきいていたが、本当とは思わなかったよ」

「俺もだ」

「あぁすることで、血が下に流れるようにするんだな。あれなら添介錯人に血が降りかかることはないし、しかも首を拾いに穴におりていかずにすむ」

「うむ、鮮やかだったな」

勘兵衛は言葉少なく答えた。上田半左衛門が苦しまずに死ねたのが唯一、心を慰めている。

こういうふうに死ぬのなら、あそこで死なせても同じではなかったか、と勘兵衛は後悔した。

「なんだ、勘兵衛、どうした」

修馬が見つめてくる。

「とらえたことを悔いてるのか。勘兵衛がどう思おうと勝手だが、でもそれはちがうと思うぞ」

勘兵衛は見返した。

「人を殺しておいて、自裁など許されるものか。こうして裁きを受けさせた上で死なせるからこそ、武藤源太郎どのの遺族だって納得するというものだ」

勘兵衛はうなずいた。

「修馬のいう通りだ。ところで、武藤家はどうなるんだ」

「源太郎どののせがれが跡を継ぐことにほぼ決まったようだ」

「そうか、それはよかったな」

「ただし、無傷というわけにはいかんようだな」

勘兵衛は少し考えた。

「刀を抜いていなかったからか」

「そうだ。柄袋をしていたという不運はあったが、襲われて抜刀せずに討たれた、というのは士道不覚悟といわれても仕方がない」

「どのくらい削られる」

「まだはっきりはしていないようだが、三百石ほどでは、ときいたぞ」

「重いな」

「ああ。こういう平時にいさかいなどしては、いいことなど一つもないということだな」

修馬がやりきれなさを面にだしていう。

「だが勘兵衛、半左衛門どのの遺族はどうするのかな。行く当てはあるのかな。まさか自害するのではあるまいな」

「うむ、屋敷も即刻明け渡さなくてはならぬだろうしな」

城に戻り、勘兵衛たちは麟蔵に見てきた通りのことを告げた。

「そうか、ご苦労だった」

麟蔵がねぎらう。

勘兵衛は気がかりを話した。

「それはわしも考えた」

麟蔵がぼそりとつぶやく。

「だが、自害をとめるすべはない」

冷たくきこえるいい方だ。勘兵衛が、しかし、といったのを麟蔵が手で制す。

「いいか、勘兵衛。仮に今夜自害をとめることができても、明日はどこにいるかわからぬ者たちだぞ。それをおまえは追ってゆくのか。切りがないぞ」

勘兵衛に返す言葉はなかった。

その日は城内の見まわりをして、つとめを終えた。

勘兵衛は修馬とともに下城した。

「なんだ勘兵衛、やはり気がかりか」

修馬が気持ちを見透かすようにいってきた。

「うむ、気になる」

「行ってみるか」

修馬が懐からたたまれた小田原提灯《おだわらぢようちん》をだす。二人は、淡い光を先導役に駒井小路にある上田屋敷に向かった。

着いたときには、夜の幕《とばり》がすっかりおりていた。

門ががっちりと閉められた屋敷に、人の気配はまったくない。奉公人もすでに暇を与えられたように感じられる。屋敷に張りついていた小者たちも、半左衛門が処刑されたことでとうに引きあげている。

修馬が一応訪いを入れてみたが、返ってくる声はなかった。

「勘兵衛、なかで自害しているなんてことはないだろうな」

勘兵衛もそれを考えていた。

「入ってみるか」

修馬がうなずき、くぐり戸を押した。見えない手にでも引かれたように、すーと音もなくひらいていった。

二人は入りこんだ。この前、半左衛門の姿を求めて捜したときのように屋敷のなかを見てまわった。

屋敷には人っ子一人いなかった。

二人は屋敷の外に出た。

「勘兵衛、鈴ヶ森に行ったのではないのか」

「そうだな。もう遺骸は引き取っただろう。……上田家の菩提寺《ぼだいじ》はどこなのかな」

「きいてみるか」

修馬が隣の屋敷の門を叩く。

上田家の菩提寺である泉苑寺《せんえんじ》は、俗に赤坂寺町《てらまち》と呼ばれる一角にあった。それなりの広さを持つ寺で、山門は閉じられていた。

横のくぐり戸はあいており、そこから勘兵衛たちは境内に入った。

正面に本堂があり、右手に生垣があり、その先に庫裏《くり》らしい建物があった。

庫裏に灯《あか》りは灯されており、勘兵衛が見たところ、人の気配はあるようだ。

生垣を入り、小さな庭をまわりこむようにして濡縁《ぬれえん》のある座敷の前に立った。閉じられた障子の向こうに、控えめな灯りが灯されている。

提灯を吹き消した修馬がなかに声をかける。すぐに応答があり、戸がひらいた。

そこに立ったのは住職のようだ。きれいに剃《そ》られた頭が座敷の行灯《あんどん》に忍びやかに照らされて、つややかな光沢を帯びている。

勘兵衛は一歩前に出て、上田半左衛門の家族が来ていないか、たずねた。

住職が首を振る。

「いや、来ていらっしゃいません。少なくとも拙僧《せっそう》は会っておりません」

「どこへ行ったかはわかりますか」

「いえ、拙僧にはわかりませんな」

「上田半左衛門どのが亡くなったことはご存じですか」

「ええっ。――いえ、存じません。もしや今日だったのですか」

さようです。勘兵衛は教えた。

「ああ、そうだったのですか。はやいのは存じておりましたが、まさか今日とは」

刃傷沙汰《にんじょうざた》の場合、武家の処罰は特にはやい。翌日に、というのはよくあることだ。

「上田家の墓はこちらですね」

「ええ、そうです」

住職は本堂の裏手にあたるほうを指さした。

「あちらです」

「見てもよろしいですか」

再び修馬が提灯に火を入れた。

「拙僧がご案内しましょう」

勘兵衛と修馬は、修馬の提灯を手に歩きだした住職のあとを追った。

墓地の手前で住職が足をとめた。

「あれ、こんなところにどうして……」

住職が首をひねる。そこには空の荷車が置いてあった。

まさか。勘兵衛は修馬と顔を見合わせた。

住職が墓地に入る。どんどん奥に進んでゆく。

卒塔婆《そとば》が多い墓地というのは、やはり夜に来るところではないようだ。さまざまな物《もの》の怪《け》や霊たちがそこかしこにひそんでいるように思えてならない。

しかし、いやな予感に背を押されるように勘兵衛は足を進ませていった。

む。住職がうなるような声をだして、立ちどまった。

「なんてことだ……」

勘兵衛は提灯の光が届いている端のほうに人の足を見つけた。

まさか。勘兵衛は慄然《りつぜん》として思った。

「なんてこった」

修馬がつぶやく。

上田家の累代の墓がいくつも並んでいる前で、家族全員が死んでいた。妻の千絵も隠居夫婦も、幼い子供二人も横たわっている。

全部で五人の家族は、折り重なるように倒れていた。

中央の墓の手前に、羽織で包まれた細長いものが置かれていた。羽織の下から足らしいものが出ている。

ここまでやはり運んできたのか。

勘兵衛は、あの鈴ヶ森の仕置場から死骸を荷車にのせて夜道を進む家族の姿を思い浮かべ、暗澹たる気持ちになった。

この家族は、いったいどんな思いで荷車を曳いていたのだろう。そのとき、すでに死を覚悟していたにちがいない。まさに死に向かって荷車を曳いていたのだ。一歩一歩死に近づいてゆくときの気持ちというのはどんなものなのか。

耐えきれなくなって勘兵衛は、くっと唇《くちびる》を嚙み締めた。

「どうしてだ」

修馬が怒ったようにいう。

「なにも死ななくてもいいいじゃないか」

妻の千絵には実家もある。そこにしばらく身を寄せていることもできたはずだ。

いや、ちがうのか。旗本として同僚を殺し、その上料亭に立てこもりまでした男。娘がかわいくても、引き取ることなどできぬと実家は判断したのか。

勘兵衛は自らの無力さを感じた。わかっていたのにとめられなかった。

六

刀尖がふっと沈みこんだ。

来る。梶之助《かじのすけ》は直感した。すっと右に足を滑らせるように進んだ。相手は面を狙《ねら》ってきた。梶之助は体を低くして避けるや、相手の胴を打った。

相手はぎりぎりで避け、一気に踏みこんできた。

梶之助は上段から落ちてきた竹刀《しない》を弾き返し、またも胴を狙った。

それはまた避けられた。

左にまわった相手は逆胴に竹刀を振ってきた。梶之助はすっとうしろに下がることでよけ、思いきり伸びあがるようにして面に打ちこんだ。

相手はそれをがしんと弾きあげた。

それからしばらくそんな打ち合いが続いたが、やがて相手のほうが右手をあげた。

「ここまでにしようではないか」

梶之助に異存はなかった。だらりと竹刀を下げ、一度大きく肩で息をした。

挨拶をし合って梶之助は壁際に下がり、正座した。面を取る。

汗がどっと噴き出てきた。手ぬぐいでぬぐってもふききれない。

正面を見ると、相手も同じだった。白髪が目立つ男だ。自分より二十は上だろう。

それでもあれだけ強いのだ。

もっとも、それも当たり前だろう。あの男はこの道場の師範《しはん》なのだから。

師範が立ちあがった。道場を横切って近づいてくる。目の前に正座した。

「やるな、おぬし」

うかがうような瞳をする。

「おぬし、なにかもっと別の剣を遣うのではないのか。隠していただろう」

梶之助は首を振った。

「そのようなものはありませぬ」

「そんなことはなかろう。わしの目はごまかせんぞ」

師範は見せるように迫ってきたが、梶之助は身支度をととのえ、さっさと道場を出た。

空を見る。今日もまたいい天気だ。いかにも冬らしい。ただ、この町も長いこと雨がないのか、地面は乾ききっている。

ここは中山道《なかせんどう》の上尾《あげお》宿だ。高名な師範のいる道場があるとの噂《うわさ》をきき、梶之助はさっそく訪ねてみたのだ。

確かにいい腕だった。それでも、これまで訪ねてきたなかで最高というわけではない。

これまでで最も腕が立ったのは、陸奥仙台《みちのくせんだい》の道場主だった。

歯がまったく立たないということはなかったが、三本やって二本取られたのはあの道場主だけだ。

しかし、と梶之助はすぐに思った。あれはもう五ヶ月も前のことだ。俺の腕もあれから少しはあがっている。

それに、例の剣は遣っていない。あれを遣えば楽に勝てていたはずだ。

今立ち合えば、例の剣を遣わずとも結果を逆にできるかもしれない。

梶之助は歩き続けた。ふと右を見ると、富士山がくっきりと見えていた。

意外な喜びが胸にあふれた。まさかこんなところで、あれだけ鮮やかな富士の山を拝めるなんて。

江戸に近づいたのを感じた。半年ぶりの故郷だ。胸が高鳴る。

しかし、とすぐに梶之助は思った。帰ったところでお保《やす》は待ってはいない。

いい女だったな。

梶之助はしみじみと思った。

お保に会いたくてならない。だがもはや望めることではない。

ふう、と梶之助はため息をついた。顎を昂然とあげ、早足で歩きだす。


薄汚れた天井だ。

ここ大宮《おおみや》宿のなかでも木賃《きちん》と見まがわんばかりの安旅籠《はたご》だから仕方がないとはいえ、いつ埃を払ったのかわからないような汚さだ。

客を泊めるのが商売なら掃除くらいちゃんとしろ、といいたかったが、梶之助は舌打ちだけにとどめた。

いいこともあったからだ。

当たり前のことながら相部屋を覚悟していたが、この部屋に自分一人だったのだ。これは久しぶりのことで、実にありがたかった。

のべられた布団からはいやなにおいがしている。旅人の汗で長いこと湿ったままらしく、最後に干されたのはいったいいつなのか。

だがどこの宿も似たようなもので、梶之助はだいぶ慣れた。

それにしても、と天井を見つめたまま思った。明日はついに江戸だ。

大宮から江戸日本橋《にほんばし》まで、七里（約二八キロ）ほどだ。明日、はやく発《た》てば日暮れ前に確実に江戸に着ける。

さすがに心が躍る。

家族のことが頭に浮かぶ。元気にしているだろうか。

いや、と梶之助はすぐに思った。俺の家族はお保だけだ。

かたく抱き締めたかった。

だが、もう二度と会うこともないし、この手で抱くこともない。

そう思ったら、高ぶった気分は傘がたたまれるように急激にしぼんでいった。

「お待たせしました」

襖の向こうで声がした。

「食事をお持ちしました」

梶之助は起きあがり、女中を部屋に入れた。

「お待たせしてしまって、本当に申しわけないですねえ」

「いや、かまわぬ。そんなに腹は空《す》いておらぬから」

「そうなんですか」

いいながら女中がちらりと梶之助を見た。かすかに侮《あなど》りの光が瞳に浮いたのを梶之助は見逃さなかった。

「なんだ、きさま」

「えっ、なんでしょう」

びくりと女中が身を引く。

「どうしてそんな目で俺を見る」

梶之助はぎろりとにらみつけた。

「は、はい。申しわけございません。ご、ごゆっくりどうぞ」

女中は逃げるように出ていった。

ふん、馬鹿め。梶之助は毒づき、櫃《ひつ》の蓋を取った。ふんわりと米のにおいが舞い、ごくりと唾がわいた。

茶碗《ちゃわん》に飯を盛り、箸を取る。おかずは竹の子と椎茸《しいたけ》の煮つけたものに梅干し、たくあん、それに豆腐の味噌汁《みそしる》だ。

意外に豪華だな、と梶之助は思った。宿がみすぼらしい分、食事で補おうというのかもしれない。

満足して食事を終え、梶之助は布団にひっくり返った。このまま寝てしまおう、と思った。風呂はとうにすませている。

よし、と梶之助は布団にもぐりこもうとした。そのとき、襖の向こうに人が立った気配がした。

「あの、お客さん」

先ほどの女中だ。

「なんだ」

せっかく寝ようとしていたところを邪魔されて、梶之助の声はとがったものになった。

襖があく。

「あの、相部屋をお願いしたいのですが」

女中のうしろには町人らしい男が二人立っていた。底意地の悪そうな目でこちらを見ている。

だからといって断ることなどできない。

「ああ、いいぞ」

女中はすでに間仕切りを用意していた。梶之助と目を合わせないようにしながら梶之助の布団を引きずり、間仕切りを部屋の中央に置く。

「では、失礼いたします」

女中は下がっていった。

そのあと梶之助は寝たが、隣の二人から発されるいびきはひどいものだった。片方が静かになったらもう片方がはじまるという具合で、梶之助はほとんど眠れない。

斬り殺してやろうか、と本気で考え、床の間の刀架《とうか》の刀に手を伸ばしかけた。さすがにそこまでやることはないな、と考え直す。

しばらく静かになるのを待ったが、いびきはとまらず、梶之助は身を起こした。

間仕切りを蹴倒そうかと思ったがやめ、一人の首根っこをつかんだ。おい、と頬を張って叩き起こした。

薄闇のなか、男はなにが起きたかわかっていない。

梶之助はぐっと顔を近づけた。

「いびきがうるせえんだ。なんとかしてもらわねえと、寝れねえ」

「えっ、あっ、は、はい。すみません」

男が隣の仲間を揺り起こす。

「なんだよ」

なかなか目を覚まさなかったが、仲間はようやく上体を起きあがらせた。

「いびきがうるさいってよ」

「ええっ、そんなことで起こしたのかよ。――うるさいって誰が」

と答えた。

「こちらのお方だよ」

男が梶之助を見る。ちらりと蔑《さげす》みの光が瞳をよぎった。

殺すぞ。梶之助は内心でつぶやき、気合をこめて男を見つめた。

まともに目が合って男がひっと身を引き気味にし、わかりました、静かに寝ますから、と答えた。

「それが利口だな」

梶之助は寝床に戻った。しばらくのあいだ寝つけなかったが、少なくとも二人は静かになった。梶之助が眠るのを息をつめて待っているような感じだ。

やれやれだな。

梶之助はようやくにして安眠を得ることができた。

七

たらりとなにかが顔を流れてゆく。

それが汗であると気づくのに、勘兵衛はしばらくときを要した。

はっとして起きあがる。

障子越しの向こうはかなり明るい。日がのぼってからだいぶたつ。

しまった。寝すごした。

勘兵衛はあわてて立ちあがり、美音《みね》はどうして起こしてくれなかったのだ、と考えた。

ああ、そうか。

膝から力が抜けてゆく。どすんと布団に座りこんだ。

今日は非番だった。昨夜あんなことがあったために帰りがおそくなり、寝たのも九つをすぎていた。

今、何刻《なんどき》だろう。今日も天気はよさそうで、部屋のなかはけっこうあたたかくなっている。

寒がりの勘兵衛にはこのあたたかさはありがたかった。じき真冬という時季だが、このところ小春日和《こはるびより》と呼べる日が多い。このまま冬らしい冬がなく一気に春が来るとは思えないが、とりあえず勘兵衛にはすごしやすい日が続いている。

廊下に人の気配がし、障子に影が映った。

「お目覚めですか」

妻の美音だ。ああ。勘兵衛が応じると、障子があいた。

「おやすみになれましたか」

「うむ、ありがとう」

美音がじっと見ている。

「昨日はいやなことがあったのですか」

「ああ、あった」

「おききしてもよろしいですか」

勘兵衛はうなずき、話した。

「そうですか、そんなことが。あなたさまのお顔の色が尋常ではございませんでしたから、なにかあったのでは、と思っておりましたけど……」

「すまなかったな。心配をかけた。もう大丈夫だ。一晩寝たら、すっきりした」

美音がうなずく。

「おなかは」

「ああ、空いたな」

「支度してもらっています」

勘兵衛は、美音と一緒に台所脇の部屋へ行った。

そこには女中頭のお多喜《たき》がいて、二人を迎えてくれた。

お多喜が膳《ぜん》を持ってくる。お待たせいたしました。勘兵衛の前に置く。

納豆に目刺し、たくあんにわかめの味噌汁という献立だ。

「うまそうだな」

勘兵衛はさっそく箸をつかった。

納豆はたれがやや辛い分、豆が甘く感じられ、白飯とぴったりだ。お多喜がつくったたくあんもこりこりとして実に歯応えがいい。旨《うま》みがたくあんのなかにたくみにつまっている感じで、こちらも飯との相性は最高だ。

勘兵衛はわかめの味噌汁をすすった。わかめは新鮮そのもので、嚙むと海の香りがじわっと出てくる。味噌汁の汁自体も味噌がいいのか、こちらも美味だ。

「おいしいですか」

お多喜が首をかしげてきく。

「ああ、うまい。さすがだな」

「でもそのお味噌、奥さまがおつくりになったんですよ」

「ほう、そうか。やるな、美音」

美音がうれしそうににっこりと笑う。

「ようやくにしてお多喜の足元に近づけたようです」

「ふむ、でもこれならお多喜と同等ではないか。なあ、お多喜」

「いえ、とんでもない。私のより上等ではないか、と」

「ふむ、そうか。お多喜がそういうのならそうかもしれんな。——となると、お多喜はもう用ずみだな、美音」

「ええ、その通りですわ」

「古谷《ふるや》の家に返すか」

「ええ、それもいいかもしれませぬ」

「ま、お二人ともなんてことを」

お多喜が袖を持ちあげて涙ぐむ。

「冗談ですよ、お多喜」

美音があわててお多喜のそばに寄る。

「お多喜は私の大事なお師匠さんですから、ずっといてもらわねば困ります」

お多喜はそれでもしくしく泣いている。

「美音、だまされるな」

勘兵衛は声をかけた。

「嘘泣《うそな》きだよ。お多喜はそんなことで泣くような樽《たる》ではない。いや、たまではない」

「えっ。そうなのですか」

美音が驚いて女中頭をのぞきこむ。

顔をあげたお多喜が破顔する。

「さすがに殿はだませません」

「当たり前だ。いつから一緒にいると思っているんだ」

「でも殿、今私のことを樽とおっしゃいましたね」

「いったか」

「ええ、はっきりと」

お多喜は目をつりあげている。

「いや、ちょっといいまちがえただけだ。気にせんでくれ」

勘兵衛は箸を置いた。

「ふむ、おかわりをもらえるような雰囲気ではないな」

茶を一杯干してから勘兵衛はそそくさと部屋を立ち去った。

「おなかは大丈夫ですか」

うしろについてくる美音が笑ってたずねる。

「もう少し食べたかったが、腹八分といったところだ。ちょうどいい」

その後、勘兵衛は最近さらに剣の腕をあげている重吉《じゅうきち》、滝蔵《たきぞう》の二人に稽古《けいこ》をつけた。

半刻ほど稽古をし、勘兵衛は二人と一緒に井戸の水を浴びた。

「二人とも本当によくなってきたな。これなら道場に行って本気で鍛えてもらえれば、目録はそんなに遠くないぞ」

「本当ですか」

「ああ、本当だ」

二人とも、心からうれしそうにしている。その笑顔を見て、勘兵衛も心なごむものを感じた。

「あなたさま」

濡縁に美音がひざまずいている。

「お客さまです」

体を手ぬぐいでふき、勘兵衛は身なりをととのえて客座敷に向かった。

「入るぞ」

襖越しになかに声をかける。

客は道場仲間の矢原大作《やはらだいさく》だ。

「大作、久しいな」

勘兵衛はどすんと畳に尻を落とし、あぐらをかいた。このあたりは子供の頃からの友だから、遠慮はない。大作も膝を崩している。

「どうした。顔がかたいな」

「相談があるんだ」

「きこう」

勘兵衛は間髪を容れずにいった。

だが、大作はためらっている。

「どうした」

「でもいいのか、勘兵衛」

なんのことだ、と問い返しかけて勘兵衛は理解した。

「俺が徒目付ということか。確かに友や親戚《しんせき》とのつき合いをとめられているが、大作、なにかあったんだろう。それなら、ここはむしろ徒目付としてきいたほうがいいだろう。つまり仕事ということだ、遠慮なくいえ」

「そうか。徒目付としてな……」

「いやか」

「いや、そんなことはない」

大作が唇を湿らせ、話しだした。

ここ最近、どうも左源太の様子がおかしいのだ、と大作がいう。左源太も幼い頃からの友で、同じ犬飼《いぬかい》道場の仲間だ。

「どういうことだ」

「いや、どうも妙な連中とつき合っている様子なんだ。ここ一月以上、道場にも来ておらぬのだ」

「屋敷には行ってみたのか」

「むろん行ったさ。だが、ずっと帰ってきてないみたいだな」

「一月も帰ってきていないだと。どうしてそんなふうに」

「いや、俺にもわからぬのだ」

勘兵衛は大作とともに、大作が左源太を見かけたという町に向かった。

そこは麻布本村町だった。

「どのあたりだ」

勘兵衛は、町屋がびっしりと並んでいる通りを見渡した。

この町は麻布がここからできたといわれ、その由来から麻布本村といっていたが、その後一帯が町屋になったので、そのまま麻布本村町と名乗ることになったのだ。

大作はきょろきょろしている。

「確か、あのあたりだ」

小さく指を差して歩きだす。

連れていかれたのは、小さな煮売り酒屋や夜ともなれば酒もだす一膳飯屋が軒を連ねている小路だった。

今はどの店も戸を閉めきっており、小路には人っ子一人いない。小さな犬が一匹、餌を求めてうろついているだけだ。物憂げに漂う静寂が、輝きを増してきた太陽に白々と照らされている。

犬がこちらに駆け寄ろうとして、ふと足をとめた。くーんと鼻を鳴らして向こう側に駆け去っていった。

「大作、おぬしこそどうしてこんなところまでやってきたんだ」

勘兵衛にきかれて大作が赤くなる。

「女か」

「そうだ」

背後を通りすぎる町人たちにきこえないように小さな声で続ける。

「安く抱ける店があるってことで、道場の仲間と来たんだ」

「いつだ」

「五日前だ。左源太のことは気になっていたが、俺も酒を飲んで騒ぎたかった」

「気にするな、気持ちはわかる。——そのとき、この小路で左源太を見たんだな。どの店だ」

「あそこだ」

大作が指で示した店に勘兵衛は歩み寄った。そこは小路の入口から見て、右手の三番目に位置する店だ。

「この店にいかにもやくざ者らしい連中と左源太は入っていった」

「やくざ者だと。左源太はその手の連中とつき合っているのか」

「かもしれぬ。ほかに同じような旗本か御家人の子弟らしい者も一人いた。あれもきっと部屋住だろう」

勘兵衛はなかの気配を嗅《か》いでみた。

「人はおらぬな。夜だけみたいだな」

勘兵衛はきびすを返した。

「大作、ほかに左源太が行きそうなところに心当たりはないのか」

「すまぬ」

「いや、別に謝ることなどない」

勘兵衛たちは、屋敷のある番町《ばんちょう》に戻りはじめた。

「なあ大作、一月前、左源太になにかあったのか」

「いや、さっぱりわからぬ」

「その前まではちゃんと道場に来ていたのだよな」

「もちろんだ。その頃にはいつもと同じように明るかったんだが。明るいどころか、どこかうきうきしていた。女でもできたのか、ときいたが、やつはちがう、といった」

「そうか」

勘兵衛たちは番町に帰ってきた。

「すまなかったな、勘兵衛」

曲がり角で立ちどまった大作がいった。

「無駄足を踏ませてしまった」

「いや、かまわぬ。帰るのか」

「ああ」

「元気でな。また訪ねてくれ」

「勘兵衛、左源太捜しは続けるのか」

「そのつもりだ」

「頼む。頼りにしてるぞ。俺にはどうも見つけだせそうにない」

大作とわかれた勘兵衛は岡富屋敷にも行ってみた。

訪いを入れたが、左源太はやはり不在だった。この屋敷には、当主の兄と隠居の父親がいる。

兄のほうは納戸役《なんどやく》として出仕しているだろうから会うのは無理としても、左源太の父親はいるはずだ。

勘兵衛は、隠居に会いたい旨を用人に告げた。用人は、しばらくお待ちください、といって門の小窓を閉めた。

再び小窓をひらいた用人は、ご隠居は他出中です、といい、勘兵衛がどこに行かれたのです、ときこうとしたときには小窓をすっと閉じていた。

勘兵衛は、そこに取り残されたような気分を味わった。

仕方なく道を歩きだす。居留守をつかわれたな、と勘兵衛は思った。

隠居が他出中かどうか、用人が即座にわからないわけがないのだ。あれは隠居に来客を伝えに行っただけだろう。

そして隠居は断った。

つまり隠居はどうして勘兵衛が訪ねてきたか、その理由がわかっており、そのために顔を合わせたくなかったということではないか。

勘兵衛は足をとめ、もう小さくなっている岡富屋敷を振り返った。

左源太に、いったいなにがあったというのだろう。

八

「なんだ、どうした勘兵衛」

横を歩く修馬がふと口をひらいた。

「気がかりでもありそうな面だな」

非番明けの今日、勘兵衛は朝から修馬と一緒に城内の見まわりをしていた。

「わかるか」

「当たり前だ。いつもはぺらぺらと口数が多いくせに、今日はずっと黙りこんでいるではないか」

「俺って、そんなに口数が多いか」

修馬が苦笑する。

「いや、それは俺のほうだな。とにかく勘兵衛がむずかしい顔をしているんで、話しかけにくいんだよ。……まだ上田の家族のことが気になっているのか」

「しこりみたいになっているのは事実だが、気がかりはそれではない」

勘兵衛は左源太のことを話した。

「そうか、部屋住の仲間がな。気持ちはわかるよ」

ぽつりとつぶやくようにいう。

「その左源太どのは、一人置いていかれたような気分になっているんじゃないのか」

「というと」

「勘兵衛とは仲がよかったんだろ。その勘兵衛が久岡家に婿《むこ》入りして書院番になり、さらに今は徒目付だ。書院番より徒目付のほうが落ちるが、やり甲斐《がい》でいったらこちらのほうが上だろう。左源太どのはうらやましくてならないんじゃないのか」

「だが俺が久岡家に婿入りしてからだいぶたつぞ。それなのにどうして一月前なんだ」

「なにかきっかけがあったんだろうな」

「きっかけか。たとえば」

「女に袖にされたとか」

勘兵衛は首をひねった。

「どうかな。やつはこれまで何度もそんな目に遭っているからな、慣れっこのはずだ」

「その女に心底惚れていたとしたらどうだ」

「それなら自堕落になるのも考えられんでもないが、そういう理由だったらご隠居が会わないのはどういうわけだ」

「勘兵衛、そんなのは当たり前だろう」

「どうしてだ」

修馬がじろじろ見てきた。

「なんだよ、こんなにめぐりの悪い頭だったか。それとも、あまりにでかすぎてうまいこと働かぬのか」

「うるさい、とっととといえ」

修馬が顎をひとなでした。

「勘兵衛、おぬしに二十七歳のせがれがいるとしてだな、女に袖にされて家を出ていったことを徒目付に話せると思うか」

「ああ、そうか。俺を左源太の友として見ていたわけではなかったのか」

「友と見ていたとしても、同じだったろうさ。そんな家の恥みたいなことをぺらぺら話すはずがない」

「そうかもしれぬな。なにしろ武家は体面がすべてだからな」

「勘兵衛、昨夜、その町には行ってみたのか」

「左源太が出入りしているらしい煮売り酒屋に五つ半（午後九時）すぎに行ってはみたが、やつはいなかった」

「そんな刻限におらぬのか。その煮売り酒屋は何刻までやっているんだ」

「きいたが、詳しいことは教えてくれなかった。あるじの機嫌みたいなことをいっていたぞ。閉めたくなったときに閉める」

「女はいたのか」

「ああ、何人かな。だが、いずれも三十を超えているような年増《としま》ばかりだ。左源太に合うような女はいなかったな」

「旗本の子弟らしい男は」

「そいつもいなかった」

「そうか。また行ってみるのか」

「そのつもりだ。昔から俺の手を焼かせるやつなんだ。今度も俺がなんとかしてやらなければな」

「俺に手伝えることはあるか」

勘兵衛は修馬をじっと見た。

「今のところは。――ああ、そうだったな。お美枝《みえ》さん殺しのほうも当たらなければならぬのだよな」

お美枝というのは修馬の許嫁《いいなずけ》だった女だ。半年前に何者かの手にかかって殺された。下手人はいまだにあがっていない。

「覚えていてくれたか」

「もちろんだ。そちらも調べるぞ」

「頼むぞ。俺には勘兵衛だけが頼りだ。前にお頭も手伝ってくれるといったが」

「確かにいったが、あのお人は気分屋だからな。あのとき限りの言葉かもしれんぞ」

口にしてから、勘兵衛ははっとした。麟蔵の地獄耳、そして神出鬼没ぶりを忘れていた。

まさか。そう思って近くを見渡した。麟蔵の姿はどこにもなかった。

ほっとしたが、背中に冷や汗が浮いている。

「よかったな、勘兵衛。もし今のをきかれていたら、楽松《らくまつ》でおごるだけじゃすまなかったかもしれぬぞ」

「まったくだ」

勘兵衛と修馬は城内の見まわりを続けた。西丸にも行き、的場曲輪《くるわ》、吹上門《ふきあげもん》、山里門《やまざともん》などを見てまわった。

番士たちは勘兵衛たちの姿を目にするや、それまでゆるんでいた気持ちを押し隠すようにぴっと背筋を伸ばし、顔もまじめなものに変える。

その豹変《ひょうへん》が最近は楽しくてならない。前は、こんなので城は大丈夫なのかと思ったが、今は人らしくていいじゃないか、と思える余裕が勘兵衛にはある。

ただ、それも左源太のことを知るまでだったが。

「だが勘兵衛にもわかるはずだぞ」

不意に修馬がいった。

「どうして左源太どのが道を踏みはずしかけているのか、左源太どのの身になって考えてみればな」

左源太の身になってか。

勘兵衛は部屋住の頃のことを考えてみた。

あの頃はどうにもたまらなかった。どこにも出口がなく、捜してみたところで見つかるはずもなく、心には常に鬱屈《うっくつ》した気持ちが棲《す》み着いていた。

俺はいったいどうなる。このままなにもせず、なにもできず、枯れ葉のように朽ち果ててゆくのか。いずれ下女をあてがわれ、日当たりの悪い今の部屋で厄介叔父《おじ》として一生をすごす。

下女に子供が生まれても、その子が男児なら産声をあげる間もなく間引《まび》きされる。

こんなので一生を終えるのか。

もう何年も替えられていない古びてすりきれた畳を見つめて、何度も思ったものだ。

それを誰にもさとらせないように常に虚勢めいたものを張っていたが、最も親しかった蔵之介《くらのすけ》にだけは見破られていた。

もっとも、蔵之介がわかっていてくれるという思いがあったから、勘兵衛は蔵之介に甘えることができ、不満や心にたまったいやなものをうまく発散し続けられたのだったが。

あの思いを左源太は今も持ち続けているのだ。しかも誰にもぶつけられずにずっといたのではないか。

もっと頻繁に会って話をきいてやればよかった。徒目付がどうのなんて関係ない。

後悔が黒雲のように胸を覆う。

「おい、勘兵衛」

修馬が低く呼びかけてきた。

「今は、おぬしにもしや憎しみに近い気持ちを抱いているかもしれんぞ」

勘兵衛はどきりとした。左源太から見たとき、今の自分は極楽にいるも同然ではないか。

俺を憎んでいるか。

勘兵衛はなにもいい返せなかった。

九

手を伸ばし、ちろりを持った。

杯を酒で満たす。あふれた酒がしたたり落ちてゆく。

それをもったいないと梶之助は思わなかった。今はどうでもよかった。

畳の上に染みができる。そこから甘い芳香が立ちのぼり、顔を包みこむ。

くそっ。どうしてこんなことに。

梶之助は杯を一気に干した。

江戸の酒だからこくがあって甘いが、今はどうしようもなく苦く感じられた。

梶之助はちろりを持ちあげた。杯に酒を流しこもうとしたが、空だった。

手をあげて小女を呼び、酒を注文した。

「はやく持ってきてくれ」

「はい、わかりました」

小女が明るくいい、行きかけた。

「お客さん、肴《さかな》はいらないんですか」

「いらぬ。酒だけでいい」

「お客さん、うちははじめてですよね。うちはおいしい煮物が売りなんですよ。あと、鯵《あじ》の塩焼きとかありますけど」

すらりとした立ち姿の小女で、黒目がはっきりとしたなかなかの美形だ。

「いらぬ、酒だけでいい」

梶之助は手を振って追い払うようにした。小女は小さく頭を下げて座敷をおりてゆく。突っかけを履いて、厨房《ちゅうぼう》に姿を消した。

なんて口のきき方しやがんだい、という目で隣にいる三名の客が見ている。小女はこの煮売り酒屋の看板娘らしく、あの娘目当てに通ってきている客も多いようだ。

梶之助は三人をにらみ返した。あわてて客たちは目をそらした。

ふん、馬鹿め。

梶之助はつぶやき、酒を待った。

小女がやってきた。お待ちどおさま。ちろりを置いて去ってゆく。

梶之助は即座に手を伸ばし、杯に注《つ》ぎ入れた。くいっとあける。

ほう、と息をつく。

また隣の客が見ているのに気づいた。

「なにか用か」

語気鋭くいうと、その客はすぐに自分たちの会話に戻った。

その横顔がなぜかこれまでずっと世話になってきた道場の師範の顔に見えて、梶之助はぎりと歯を嚙み締めた。

あの野郎。酒を立て続けにあけた。

「――というわけなんでな、師範代の件は忘れてくれ」

今日、師範にいわれた言葉が、今きかされたみたいに頭のなかでよみがえる。

「くそっ、なんでこんなことに」

帰着の挨拶を誰よりもはやく道場主にいいに行ったら、この始末だった。

まだ旅塵《りょじん》にまみれたままの梶之助を、道場主は丁重に迎え入れてはくれた。旅の話をきいてもくれた。

だが、いつからか道場主の顔には苦しみに似た表情が宿るようになり、それから先ほどの言葉が吐かれたのだ。

きいた瞬間は信じられなかった。耳を疑う、というのが本当に訪れた瞬間だった。

「でもこの旅から帰ってきたら師範代に、といわれたのは師範ですよ」

「だから、状況が変わったんだ。あきらめてもらうしかない」

師範はいって、すまなそうに見た。

「な、梶之助。わかってくれ。こちらも商売なんでな、このままおぬしを迎え入れるわけにはいかんのだ」

それはわかる。わかるが、そういうものは乗り越えてくれる師範だと信じていた。その思いが裏切られたほうが悔しかった。

「わかりました」

そういって梶之助は立ちあがり、道場をあとにしたのだ。

もう二度とあの道場に行くことはないだろうし、師範に会うこともない。二度とあそこで竹刀を振るうこともない。

寂しさが体を突きあげてきたが、梶之助は酒を干すことでその思いに耐えた。

「お保」

口をついて出た。

「どうして死んだ」

また酒を飲んだ。思いだすだけでつらい。

「どうして俺はこんなについてないんだ」

杯に映る顔を見つめた。ひげがぼうぼうだ。ずっと当たっていなかった。

これがいけなかったのか。これで師範は俺を見放したのか。

ちがう。まるでちがう。

「俺がなにをしたっていうんだ」

どんと杯を畳に打ちつけた。底のほうにわずかに残っていた酒がはね、顔にかかった。

ちろりを傾ける。またも空だった。おかわりをもらう。

新しいちろりを持ってきた小女は、大丈夫かしら、と案ずるような顔をしている。その表情もうっとうしかった。

梶之助はうつむき、酒を飲み続けた。

座敷をあとにしたのは、それから半刻後だった。もう店を閉めますので、と小女にいわれたからだ。

代を支払うために巾着《きんちゃく》を見た。それほど入っていない。

踏み倒すか、という気が一瞬わいたが、それもつまらないことだ。

ありがとうございました。その声に送られて梶之助は暖簾の外に出た。

「お客さん、提灯はお持ちですか」

小女がうしろからきいてきた。

「いや、ない」

「お貸しします」

小女が小田原提灯に火をつけ、どうぞ、と渡してくれた。

すまんな。必ず返しに来るから。

といっても、返しにわざわざ足を運ぶようなことはあり得なかった。店のほうでもそれはわかっている。

うだ。

道を歩きだしてしばらくしたあと、急に酔いがまわってきた。

まっすぐ進めない。刻限はわからないが、まだ四つ（午後十時）にはなっていないようだ。

さて、どこへ行くか。

ふらふらと歩きつつ、梶之助は行く手を見渡した。

まだ人けは多い。梶之助と同じように酔っ払っている者が目立つ。

誰もが幸せそうに見える。

ときおり男女の二人連れもいる。女の甘い声が耳に飛びこんできて、梶之助は苛立《いらだ》ちを覚えた。

誰かをぶん殴りたい気分だ。

梶之助は行く当てもないままに道を歩き続けた。

冷たい夜風が頬をなぶってゆく。雨が近いのか湿ってはいるが、ひんやりとした大気はほてった体を冷ましてくれる。

しかし、気分のほうは苛立ったままだ。どうにもならない。

向こうから町人らしい男が五名ばかり、ほらどけどけ、どかねえか、と荒っぽい言葉を吐きながらやってくるのが見えた。男たちは道一杯に広がっている。

梶之助はよけず、一人の男と突き当たった。どんと互いの肩が当たり、男のほうがよろめいた。

梶之助はそのまま行きすぎようとした。

「ちょっと待ちな」

男が梶之助の肩をつかむ。

「ぶつかっといてなんの挨拶もなしか」

梶之助はよろめく足取りで男に向き直った。

「どうして挨拶などしなきゃならぬ。俺はおまえなど知らぬぞ」

「なにをいってんだ、こいつ」

梶之助を目にした男の目に嘲《あざけ》りの色が浮かんだ。

「ずいぶんいきがってるじゃねえか」

別の男がいう。

「たたんじまうか」

「いいよ、こんなやつ。叩きのめしたからってなんの自慢にもならねえ」

行こうぜ。男たちが立ち去ろうとする。

梶之助の心に暗い炎が立ちあがっていた。うしろから男の腰を蹴りあげた。男がつんのめる。

なにしやがる。男が叫ぶ。

「この野郎。侍だと思って見逃してやろうと思ったが――」

男たちが襲いかかってきた。

梶之助は最初に躍りかかってきた男を殴り倒した。

そのつもりだったが、拳は空を切った。酔いのせいだ。

そう気がついたときにはおそかった。いきなり体が浮いた。

男の肩にのせられたのだ。そこからどしんと地面に叩きつけられた。

背中から落ち、息がつまった。ぐむう、と梶之助はうめき声をあげた。

男たちは梶之助を取り囲み、蹴りを次々に入れてきた。

身動きが取れなくなった。刀に腕を伸ばしたが、柄に触れる前に、そうはさせるかよ、と手の甲を蹴り飛ばされた。

顔や首筋、背中、腹などを容赦なく蹴られ、口が血の味で一杯になった。あまり痛みを感じないのは、酒のおかげかもしれない。

そんなことを思っているうちに、梶之助の意識は重い土でもかぶせられたように暗黒に染められた。


ちちち、と鳥のさえずりがきこえた。

ふっと意識が舞い戻り、梶之助は目をあけようとした。

すぐに戸惑うことになった。

糊かなにかで貼りつけたようにまぶたがひらかないのだ。

無理にあけた。まつげがばりばりと音を立てたような気がした。手でさわってみると、赤黒いものが指についた。

なんだ、これは。

起きようとして頭がずきんと痛んだ。

どうしてだ。それに、いったいここはどこなんだ。

横になったままあたりを見渡す。

どうやらどこかの神社のようだ。今いるのは本殿の床下らしい。

すぐそばからいびきらしいものがきこえてきて、梶之助はぎょっとした。

こもにくるまった男が寝ている。どうやら乞食《こじき》のようだ。

どうして俺はこんなところに。

考えたら、不意に昨夜のできごとが頭に浮かんできた。

ということは、と梶之助は乞食に目をやった。俺はこの乞食に助けられたのか。

あまりの情けなさに涙が出てきた。顔の至るところにできている傷にしみる。

しかしどうしてこんなことに。

梶之助はどしん、と拳で地面を叩いた。土に嚙みつきたくなるくらい悔しかった。

第二章

一

震えをとめようとして、左源太は腕に力をこめた。

駄目だった。逆に震えが大きくなってしまいそうだ。

息を吐き、心気を静めようとした。震えているところを、一家の者に知られるわけにはいかない。

無理に落ち着いた顔をつくって、あたりの風景を眺めた。

木々に囲まれた草原だ。場所としては下渋谷村《しもしぶやむら》と麻布村の境目あたりになる。木々の向こうには旗本屋敷や大名の下屋敷、寺の塀や本堂などが見えている。

それらの建物のせいでこの草原は人目からものの見事に見えなくなっており、ここなら心置きなく出入りができそうだ。

さすがにやくざ者で、実にいいところを見つけてくるものだった。

そんなことを思っていたら、重しでもどけられたように左源太の気持ちはすっと軽くなった。

よし、これならいいぞ。

左源太はじっとりと粘るような手のひらをひらき、手ぬぐいで汗を丹念にふいた。手ぬぐいを帯の背中側にかけ、手を刀に置いた。その姿勢で相手方を見やる。

総勢で三十人ほどか。最初にきかされていたより多い。

それでもさほど気にならない。見た限りでは、喧嘩がめっぽう強いという気はしない。寅吉一家の子分と似たようなものだろう。

「旦那、落ち着いてらっしゃいますねえ」

横から、健造が感心したように声をかけてきた。

「そんなことはない。口のなかは乾ききっているぞ」

「そんなご冗談を」

健造が笑い、すぐに口許《くちもと》を引き締めた。その顔はさすがに緊張を隠せず、頰のあたりがひきつっている。

「旦那、親分がいわれたようにあの野郎を倒してくれればいいですから」

左源太は、健造が指さすほうに目を向けた。

そこには浪人者と思える用心棒が二人いる。

「二人か」

「ええ、そうです。この出入りのために、あわててもう一人雇ったみたいですよ」

「遣えるのか」

「旦那のほうが強いに決まってますよ」

「わからんぞ」

「そんなこと、おっしゃらねえでくださいよ。もし旦那が負けたら、おいらたちも危ねえってことですから」

「わかった。なんとかする」

「なんとかする、なんて気弱な言葉ですねえ。旦那、出入りはもしかしてはじめてですかい」

「そうだ」

「そうですかい。その落ち着きっぷりなら大丈夫ですよ。それからこれは親分にもいわれたと思うんですが、決して殺さねえでくださいね。そこまでやると――」

「さすがに町方が黙っておらん、といいたいんだろ」

「そういうこってす。死人が出たら、一家なんてあっという間に潰されちまいますから。何年か前、本当に死人が出た出入りがあったんです。そのときの町方の力のいれようはほんと、ちがったですから。出入りをやり合った一家は二つとも、潰されちまいましたから。旦那、くれぐれも痛めつけるだけにしてくだせえ」

わかったよ。左源太は答え、相手となる浪人者二人を見つめた。距離はおよそ二十間(約三六メートル)。

向こうもこちらを見つめている。

左源太は余裕を見せて、にやりと笑った。向こうも笑い返してきた。

左源太は刀に置いた手に力をこめた。考えてみれば出入りだけでなく、真剣を手にしての実戦もはじめてということになる。

実戦か。

まさか本当にこんな場が訪れるなど、つい一月前には思いもしなかった。あの頃はどこにでもいる部屋住の一人として、ただ暮らしに浮かれていた。

やくざ者同士、気持ちが高ぶってきたのか、殺気が草原を覆いはじめた。

同時に左源太の膝が震えだした。なんてこった。左源太はとまれ、と念じた。

だがとまってくれない。神に願うような気持ちで膝を見つめた。

ようやく震えがおさまった。

わめき声が響く。見ると、向こうのやくざたちがこちらを気勢をあげてじっとにらみつけている。

野郎どもっ、やるぞっ。こちらの親分の寅吉が怒鳴る。おう。子分たちが竹槍《たけやり》や長脇差を上に突きだす。

行けっ。おう。子分たちは突っこんでゆく。向こうもいっせいに駆け寄ってきた。互いに長脇差や竹槍を持っているが、それが相手の体まで届くことは滅多にない。腰が引けている。

しばらくそんな様子を眺めてから、左源太は歩きだした。刀を抜く。ちゃっと音をさせて、峰を返した。

向こうから二人の用心棒も近づいてきた。落ち着き払っている。

左源太は心の臓がどきどきしてきた。あまりに鼓動が強くて、胸が痛いほどだ。

大丈夫だ、やれる。

自らにいいきかせる。

二人の用心棒もすでに抜刀している。二人とも野良犬のようにやせこけ、両肩の骨が突き出たように張っている。着流しの裾が風でめくれ、細い足があらわになった。まるでろくに食べていないかのようだ。勝てば腹一杯食わせてやるよ。そんなことをいわれているのではないか。

左源太は二人の浪人に急に憐れみを覚えた。勝っては悪いような気がしてきた。

いや、とすぐに思い直す。勝たなければこちらが明日から腹を減らして、またねぐらを捜さなければならなくなる。

そんなのはごめんだ。

二間の距離まで来た。二人の腕を冷静にはかる。

やれる。そう確信した左源太は一気に二人に飛びかかっていった。

峰打ちの稽古は十分に積んでおいた。刀は人を斬るようにできている。峰を返した形で振ると、実に妙な感じがする。稽古のおかげでその感じは少なくなったが、やはり振りにくい。敵の二人も峰を返している。同じような感触を腕に持っているはずだ。

峰打ちといっても、頭や顔面に受ければ命に関《かか》わる。

左源太は袈裟に振りおろすと見せて、刀を胴に持っていった。相手はあわてて刀を引き戻して受けようとしたが、左源太の刀のほうがはやかった。

ずん、という手応えが伝わる。用心棒が腰を折り、地面に膝をついた。腹のなかのものをぶちまけるような声をだして、うつぶせに倒れる。

やった。心のなかで快哉《かいさい》を叫び、左源太はもう一人の浪人者に向かった。

こちらもあっけなかった。袈裟に振ってきた刀を右手を引き気味に受けとめ、ぐっと踏みだすように見せかけて横にすっとずれた。

それだけで相手は体勢を崩し、前につんのめりそうになった。

そこを左源太は見逃さず、逆胴を叩きこんだ。この浪人者も腰を折り、苦しがって刀を放り投げた。

それをじっと見ていた寅吉一家の子分たちは勢いづき、相手方に躍りかかってゆく。敵のやくざ一家は、まずい、引きあげるぞ、と大声をだして背を向けはじめた。

寅吉一家が追いかけてゆく。背中に乗り、さんざんに打擲《ちようちやく》している者や、何人かで囲んで足蹴《あしげ》にしている者、竹槍で尻を突っついて楽しんでいる者。

お互い暗黙の了解でもあるのか、大怪我を与えるようなことはしなかった。深追いすることなく、寅吉一家の子分たちは戻ってきた。

見ると、地面にへばりつくように苦しがっていた二人の用心棒もよたよたと走りだしている。ちょうど木々の向こうに姿を消そうとしているところだった。

かわいそうに、お払い箱だな。

左源太はすっと鞘に刀をおさめた。

こんなものか。

おそらく相手もそれなりに強かったのだろう。だが思っていたほどではなかった。

勘兵衛のおかげだな、と左源太は思いだした。勘兵衛を倒すことを目標にずっと稽古に励んできた。その願いがかなうことはなかったが、ここで役立ってくれた。

勘兵衛のあの立ちはだかる石垣のような圧倒される感じからすれば、今の二人など障子でも相手にしているようなものだった。

勘兵衛、ありがとう。

一瞬感謝の思いがわいたが、あんなやつ、と左源太はぺっと唾を吐いた。あいつはこれまでなにもしてくれなかった。もう二度と会わぬ。

「旦那、どうしたんです、そんな厳しい顔をして」

健造が寄ってきた。

「なんでもない」

左源太は不機嫌に答えた。

「でも、旦那はやっぱりすごいですねえ。親分も大喜びですよ」

寅吉が近づいてきた。満面の笑みだ。

「富岡《とみおか》の旦那、ありがとうございます。旦那のおかげで大勝利ですよ」

商人のようにもみ手をする。

「これで賭場が一つ手に入りますよ」

「ほう、そうか。大儲《おおもう》けだな」

「ええ、そういうこってす。それに、これで富岡佐太郎の名はあがりますよ」

富岡佐太郎か、と左源太は自重気味に思った。今は、この名のほうがしっくりくるような気がする。

どのみち、岡富家に戻るつもりはさらさらないのだ。

左源太は空を見あげた。よく晴れている。ずっと南に雨を呼ぶような黒雲が眺められるが、風は秋口のようにさわやかで、汗にまみれた体に心地よい。

一瞬、右手に浮いている雲が勘兵衛のでかい頭に見えた。まるで勘兵衛に見おろされているようで、左源太はどきりとした。

すぐに首を振った。

やつは俺のことなど気にかけてもくれぬ。それに、やつがなんといおうと、用心棒稼業こそ俺の天職だ。

二

麟蔵が顔をあげ、ぎろりと見つめてきた。

「なにかあったか」

「いえ、どこも平穏無事でした」

勘兵衛は答え、横で修馬がうなずいた。午前の城内の見まわりを終えて、二人は詰所に戻ってきたところだった。

「それで、なにか話でもあるのか」

「はい、お願いがあってまいりました」

麟蔵が眉《まゆ》をひそめる。ちらりと詰所内を見渡した。

昼すぎの詰所のなかに、徒目付の姿はどこにもない。一人残らず見まわりに出ている。

「よし、いえ」

勘兵衛は語った。

きき終えて、麟蔵が眉根にしわを寄せた。

「修馬の許嫁の探索か。修馬、お美枝といったよな」

「はい、そうです」

「よかろう、やれ」

「ありがとうございます」

勘兵衛はほっと息をついて頭を下げた。修馬もぐっと首を引いている。

「いいか、必ず下手人をあげろ」

「はい、きっと」

勘兵衛は胸を張るようにして請け合った。

「ところでお頭」

修馬がきく。

「この前、お美枝殺しの下手人探索に力を貸すとおっしゃってくださいましたが」

「ああ、あれか。忘れろ」

「はっ」

「わしは力添えはせぬ」

麟蔵がうるさそうに手を振る。

「ちょっとおまえらとなじみすぎた。頭として、さすがにまずい」

確かにそういう面はあるだろう。だが、勘兵衛としては納得がいかない。

「なんだ、勘兵衛、不満そうな顔だな」

「いえ、そんなことはありませぬが」

「なら、とっとと仕事に戻れ」

麟蔵は冷たくいって、文机《ふづくえ》上の書類に目を落とした。その顔に表情というものはなく、また昔の得体《えたい》のしれない男に戻ってしまった感がある。

隙間風《すきまかぜ》に背中をなでられたような寒さを勘兵衛は感じた。以前、麟蔵に接するたびに覚えていたものだ。

勘兵衛たちは一礼してからその場を離れ、詰所を出た。

「なんだ、話のわかるお方と思っていたが、ちがっていたか」

修馬がぼやく。

「いや、話はわかる人なんだ。でも、いろいろあるんだろう」

「頭となれば、そうなんだろうな。それで勘兵衛、どこへ行く」

大玄関を出て、修馬がきいてきた。

「まずは、子供たちや八郎左衛門《はちろうざえもん》にもう一度会って話をききたいな」

大洗堰《おおあらいのせき》近くの小日向松枝町《こひなたまつがえちょう》に足を運んだ。

一軒家の庭側に勘兵衛たちはまわり、枝折戸《しおりど》をあけた。

子供たちが地面に絵を描いて遊んでいる。

「あっ、修馬のお兄ちゃん」

子供たちが立ちあがる。

「頭のおっきなおじさんもいらっしゃい」

「ああ、こんにちは」

勘兵衛は苦笑しながら返した。

「今日はなに。遊びに来てくれたの」

一人が修馬にきく。

「ちがう。お美枝のことでなにか思いだしたことはないか、また話をききに来たんだ」

お美枝、ときいて二十人近い子供たちは一様に暗い顔になった。

「どうだ、あれからなにか新たに思いだしたことはないか」

修馬がいったが、子供たちは、なにもないよ、と答えた。

「ごめんよ、修馬のお兄ちゃん。役に立てなくてさ」

「いいんだよ。そんなことでめそめそするんじゃない。仙之助《せんのすけ》は相変わらず泣き虫だな」

そう修馬がいったら、仙之助は大粒の涙をこぼしはじめた。

「あーあ、修馬の兄ちゃん、泣かしちゃった。いけないんだ」

「おいおい、俺はなにもいってないぞ。しかし仙之助、なにもこんなことで泣くことないだろうが」

修馬が慰める。仙之助が泣きやむ。

路地に人の気配がした。勘兵衛が見ると、夫婦者が連れ立ってやってくるところだった。

「ああ、これは山内さま」

男のほうが駆け寄ってきて、挨拶する。女房らしい女も続く。二人とも野菜の類《たぐい》を抱えるようにしていた。

「買い物か。しかし、いつもながらすごい量だよな」

「なにしろ食べますから」

男が笑顔で子供たちを見渡す。

「ああ勘兵衛、この二人は益太郎《ますたろう》とお路《みち》だ。――益太郎、お路、この頭のでっかい男は久岡勘兵衛といって俺の同僚だ」

はじめまして。よろしくお願いいたします。二人が深く頭を下げる。勘兵衛は、こちらこそ、と返した。

「おじさん、おばさん、また菜っ葉なの。たまには魚くらい食わせてよ」

「おまえたちに魚なんて食べさせたら、お足がいくらあっても足りないよ。贅沢《ぜいたく》いうんじゃないの」

お路がにこにこしながらいう。

「——ねえ、修馬の兄ちゃんからもいってよ。魚を食えるなんて、本当に年に一度か二度なんだよ」

「そのくらい食えれば十分だ。食べられない子供なんて、よそにはいくらでもいるんだぞ。魚とかは自分で稼げるようになったら食えばいいんだ」

勘兵衛たちは家をあとにした。

「なかなかよさそうな二人だな」

勘兵衛は修馬にいった。

「ああ、二人とも人柄はすごくいい。子供たちもなついている」

「なら、あの二人は関係ないな」

「なんだ勘兵衛、あの二人がお美枝殺しに関わっていると考えていたのか。あり得ぬぞ。あの二人はお美枝が殺されてからあの家にやってきたのだから」

「お美枝さんを殺して今の職を得た、ということも考えられる。あの二人、前はなにをやっていたんだ」

「寺で働いていたそうだ。なんでもその寺の住職が亡くなって、そこが廃寺になってしまい、ちょうど働き手を求めていた八郎左衛門のめがねにかなったらしい」

「そうか。お美枝さん殺しに関係しているのだったら、あれだけ子供たちが信用しているはずがないな」

「俺もそう思う。勘兵衛、次はどこへ行く」


二人は本郷一丁目に足を運んだ。

本八《ほんはち》屋と染め抜かれた暖簾を修馬が払い、勘兵衛はあとに続いた。

広い土間に客はいない。薄暗さが全体を覆っているのは相変わらずだ。

「これは山内さま、いらっしゃいませ。久岡さまもようこそ」

がっちりとした格子越しに、この店の主人である八郎左衛門が深々と頭を下げる。

「この前は本当にありがとうございました」

勘兵衛が押しこみをものの見事に撃退したことへの礼だ。

「いや、あれはいい。忘れてくれ」

「久岡さまがそうおっしゃるんなら」

八郎左衛門が膝を進めてきた。

「今日は」

「勘兵衛に金を貸してやってくれ」

ここ本八屋は金貸しが商売だ。先ほどの二十名からの子供たちを養っているのは、目の前の八郎左衛門である。

「お安いご用です」

「ちょっと待て、修馬。俺は借りるつもりなどないぞ」

「そうだったな。八郎左衛門、そういうわけだ、忘れてくれ」

「はあ、わかりました」

修馬が用件を八郎左衛門に伝える。

「申しわけございません」

八郎左衛門がすまなそうに首を振る。

「お美枝のことに関して、思いだしたことはないのですよ」

「そうか、残念だな」

修馬が振り返る。

「勘兵衛、なにかききたいことは」

勘兵衛は一歩踏みだし、修馬と肩を並べた。

「お美枝さんが殺された晩、話が弾んだそうだが、どんなことを話していたんだ」

八郎左衛門が悲しげに顔をうつむける。

「お美枝の父親の太郎造《たろぞう》のことです。話しだしたら、お互いとまらなくなってしまいまして、つい話が長くなってしまい……」

こみあげてきたものがあったらしく、八郎左衛門が涙をこぼした。勘兵衛はじっと見たが、その涙に嘘はないように感じられた。

「ほかには」

勘兵衛は無表情に問うた。

八郎左衛門が顔をあげ、手のひらで涙をぬぐった。

「すみません。いえ、ほかに話したことはありません。太郎造の思い出話だけでした。もっとも太郎造がいなくなったのは、お美枝がまだ幼い頃でしたから、手前がほとんど話していたんですけど」

「お美枝にせがまれたのか」

修馬が痛ましげな目をしてきく。

「ええ、はい」

ではこれでな、と八郎左衛門に会釈気味に頭を下げてから勘兵衛は外に出た。

暗いところから急に外に出て、目が少し痛い。往来を歩きだす。

修馬が肩を並べてきた。

「勘兵衛はまだ八郎左衛門のことを疑っていたんだな」

「疑っているとかそういうものではない。私情をはさむことなく事実を積み重ねようとしているだけだ」

「でも勘兵衛、八郎左衛門は本当に関係ないと思うぜ。なにしろ――」

「お美枝さんを本当の娘として見ていた、修馬はそういいたいんだよな。でも実の娘を殺す父親はそう珍しくもない」

つい最近もあったばかりだ。

女房を失って色街にばかり繰りだしてろくに仕事をしなくなった父親を娘が叱《しか》ったが、まるでいうことをきいてくれない。

俺のことはほっとけ。父ちゃん。娘は目を覚ましてとばかりに頬を張ったが、父親がいきり立ち、なにすんだ、と怒鳴り、むしゃぶりついてきた。父親は体が貧弱だったから娘に逆に押し倒された。

はっと気づいて娘はごめんなさい、と謝り、父親の上からどいたが、怒りがおさまらない父親は台所から包丁を持ちだし、娘を刺した。

あっけなく娘は死に、父親はすぐさまとらえられた。父親の仕置はまだ定まっていないようだが、まず死罪はまちがいない。

この話は南町奉行所に見まわりに行った際、七十郎からきかされたのだ。

「そうだな」

修馬が言葉少なく答えた。

「勘兵衛、次はどうする」

いわれて勘兵衛は路地のまんなかでしばらく考えた。

「お美枝さんの母親の実家はどこだ」

「小石川片町《こいしかわかたまち》だが、行くのか」

「ああ、行ってみたい」

「でも、もう家はないぞ」

「どうして。前に修馬、いってたよな。お美枝さんの母親のおさちさんは十三年ほど前に腹に腫《は》れ物ができて死んだって。おさちさんの実家は残っているんじゃないのか」

「いや、火事で焼けてしまったそうだ。そのときお美枝の祖父母は亡くなったそうだ」

「いつのことだ」

「お美枝が生まれて間もなくだったそうだ。今から十五、六年以上前の話ではないのか」

「そうか」

ほかに話をきけるところはないか、勘兵衛は下を向いて思案した。

道を蟻《あり》が隊列を組んで横切ってゆく。なにか虫の死骸を担ぎあげて運んでいた。

「お美枝さんの父親の太郎造さんだが、日傭《ひよう》の仕事をしているときに手先の器用さを見こまれて飾り職人のもとに弟子入りした。それでまちがいないのかな」

「ああ、そんなことを八郎左衛門がいっていたな」

「飾り職人のところに行ったことは修馬、あるのか」

「いや、ない。勘兵衛、行くのか」

「ああ、行きたい。場所がどこかわかるか」

「いや。だが、八郎左衛門が知っているだろう」


黒々とした目が生き生きと輝き、六十をすぎたと思える今も腕は落ちていないどころか、むしろ増してきているのでは、と思える迫力が目の前の男にはある。鬢の白髪もつやつやとしており、これまで常に節制しつつ厳しく仕事を続けてきたのが察せられた。

飾り職人の親方は岩吉《いわきち》といった。名は体をあらわすという言葉がぴったりくるほどがっしりした体軀《たいく》をしているが、手先は思わず見とれてしまうほどしなやかで細い。相当の腕利きであるのが知れた。この親方に見こまれた太郎造の腕もかなりのものだったのが自然とわかった。

失踪《しっそう》から十一年たった今も、岩吉は太郎造のことを案じていた。きっとどこかで生きている、と信じていた。

「日傭の仕事をしていた太郎造をこの仕事に誘ったらしいが、太郎造とはどこで知り合った」

修馬が仕事場の端できく。ここは小石川下富坂町《しもとみざか》だ。近くを神田川《かんだがわ》に流れこむ大下水が流れている。

「その大下水の丸太橋のところで太郎造が普請《ふしん》仕事をやってましてね、昼の休みのときにふらっとこちらに立ち寄ったんですよ。その仕事、あっしのような者にもできますか、ってきくから、一所懸命にやれば誰にだってできるよ、といったんです。そしたら、餓鬼みてえに目を輝かせましてね。その目をあっしは気に入っちまいまして、試しに鏨《たがね》を持たせたんですよ。そしたら、それがまた堂に入ってるんで、こりゃきっとものになるな、って即座にわかったんで」

「請人になったのも、ではおまえさんか」

「ええ、そうです」

「太郎造の筋はよかったんだよな。親方の目に狂いはなかったわけだな」

「ええ、あのまま修行を続けていたら、きっとすばらしい職人になっていたはずです」

「失踪の理由に心当たりは」

「いえ、ありません。太郎造の野郎がいなくなっちまってから、あっしも必死に考えたんですよ。なにかあっしがへまをして、あいつ、嫌気でも差したんじゃねえかって。でもなにも思い浮かぶものはなかった」

岩吉が一つ間を置いた。

「あの日だってここに一度来て、それから道具箱を担いで得意先に行ったんですよ。そのときも明るく挨拶をかわしましたし、あの笑顔に妙なところなんか一つもなかったものですから」

「得意先へ行ったのか。そういうことはよくあるのか。ここで仕事をしているだけじゃないのか」

「ええ、あの日は千勝院《せんしょういん》さんというお稲荷《いなり》さんに御輿《みこし》の直しで行ったんです。太郎造が帰ってこなくて、話をききに千勝院さんにはあっしも行きましたから、まちがいありません」

「千勝院はなんだって」

「七つすぎに仕事を終えて、帰っていったと。明るく挨拶して帰っていったとのことでしたから、そのときも別段変わったところはなかったんだと思いますけどねえ」

その帰路、太郎造はなにかに巻きこまれたのだ、と勘兵衛は思った。一歩前に出て、岩吉にたずねる。

「太郎造とおさちがどういう形で知り合ったか知っているか」

おさちというのはお美枝の母親だ。親方の許しがない限り、弟子は勝手に結婚できない。

「おさっちゃんは、あっしの知り合いの娘ですよ。太郎造はいい男ですからね、おさっちゃんとぴったりじゃないかって思えて、それで話を持ってったんです。でもまさかおさっちゃんがあんなにはやく亡くなって、しかも太郎造までいなくなっちまうなんて、その頃は考えもしなかったですけどね」

「夫婦仲はよかったのか」

勘兵衛は問いを続けた。

「もちろんですよ。もうずっと昔から互いに知っていたような感じでした。お美枝ちゃんが生まれたとき、二人ともとても喜んでねえ」

岩吉がじわりと目に涙をたたえた。

「本当はあっしがお美枝ちゃんを引き取りたかったんですよ。もしそうしていたら……」

死なせることはなかった。そういいたいのを岩吉はこらえている。

仕事の邪魔をして悪かったな。勘兵衛たちは岩吉の仕事場をあとにした。

「勘兵衛、どう考えても太郎造は悪さをするような男ではないだろ」

「ああ。そしてそのまっすぐな気性をお美枝さんは受け継いでいたようだな。でなければ、あの親方があそこまでいうまい」

修馬が深くうなずく。勘兵衛が見ると、しんみりとしていた。

「思いだしたか」

「思いだすだと。とんでもない。お美枝の面影は常に俺のなかにある」

修馬が目をあげて勘兵衛を見た。

「勘兵衛、次は」

勘兵衛は空を見た。暮れかかっている。鮮やかな橙色をその身にまとって太陽が西の空に沈もうとしている。

横の修馬の顔も染められている。

「修馬、今日はここまでにしておこう。いやか」

「いや、勘兵衛がそういうのなら俺はかまわぬ。今日一日ありがたかった」

勘兵衛たちは城に戻ることにし、足を進めはじめた。

水戸《みと》家の広大な上屋敷の東側の道を南にくだってゆく。じき神田川に架かる水道橋《すいどうばし》が見えてこようとするとき、向こう側から見覚えのある黒羽織が歩いてくるのが見えた。

「おう、七十郎」

勘兵衛は手をあげた。向こうも気づき、駆け寄ってきた。うしろに清吉がいる。

「珍しいな、こんなところで会うなんて」

このあたりは武家屋敷が多くかたまっており、町方が出張るようなところではない。

「本郷二丁目でちょっとかっぱらいが出たようなんです。行くのにここを通ったほうがはやいものですから」

「そうか、なら仕事の邪魔をしては悪いな」

「いや、もう下手人はわかってるんです。多分、我らが来るのを長屋で待っているはずです」

「待っているだって。どういうことだ」

「その町に住む年寄りなんですよ。かっぱらいをすれば、牢《ろう》に入れてもらえるんじゃないかって」

「自ら牢に入りたがっているのか」

「牢に入れば、とりあえず食事も与えてもらえるものですから。もちろん本人は小伝馬《こでんま》町《ちょう》の牢屋入りまでは勘弁してもらいたいと思っているわけです。奉行所の牢にしばらく入っていられればいい、という考えでしてね」

「かっぱらいってなにを取ったんだ」

「竹の子を二本ばかり、売りに来ていた近在の百姓から」

「奉行所に連れてゆくのか」

「そうしないわけにはいかないんですよ。その年寄りの目論見《もくろみ》通りになるのはいやですけど、お叱りをしておかないと」

「変わった親父《おやじ》もいるものだな」

七十郎が勘兵衛を見る。

「ところで久岡さんたちは今日はどうしたのですか。もしやお美枝さんの調べを進めているのですか」

「ああ。今のところはなにも得られていないが」

「そうですか」

「なにかつかめたら、必ず教えるよ」

「お願いします」

ではこれで、と七十郎が立ち去りかけた。

「ああ、そうだ。久岡さん、やくざ者の出入りはもうやってないんですよね」

「七十郎、どうしてそれを」

勘兵衛はぎくりとした。

七十郎がにっこりと笑う。

「やっぱり久岡さんだったんですか」

「なんだ、どういう意味だ」

「一月以上も前ですかね、中目黒村《なかめぐろむら》のほうでやくざ者の出入りがあったときいたんですよ。そのとき元造《げんぞう》一家側にいた用心棒がものすごく強くて、ものすごく頭が大きかったってきいたものですから。それに、元造は山内さんと親しかった、いや今も親しいのかな。とにかく、そのとても強い用心棒は久岡さんではないか、とそれがしはにらんだんです」

「さすがだな。でも七十郎、それはもう忘れてくれ。あれはこの男の口車に乗せられたにすぎぬ。お頭は笑って許してくれたが、もうやるな、とさすがに釘《くぎ》を刺された」

「わかりました。もういいません。でも、昨日もまた出入りがあったんですよ」

「元造一家か」

これは修馬がきいた。

「いえ、ちがう一家です。山内さんはご存じではないんじゃないですかね」

「なんて一家だ」

「寅吉一家と蓑造《みのぞう》一家です」

「ふむ、知らぬな。どこでやり合ったんだ」

「下渋谷村のほうです。いつも通りの縄張争いですよ」

「どうなった」

互いに死者はなし。用心棒同士の戦いでけりがついた。

「でも、その勝ったほうの寅吉一家にはなかなか強い用心棒がいたらしいですよ」

「やってみたいんじゃないのか、その男と」

にやりと笑った修馬にきかれ、勘兵衛は首を振った。

「冗談ではない」

三

腹が空いたな。

梶之助はよたよたと歩き、往来の端で足をとめた。懐を探り、巾着を引っぱりだす。顔をしかめた。中身はあまりない。いや、ほとんどない。

なんとかしなければ。

あたりを見まわす。ここはどこなのか。ふらふらと風に巻かれた木の葉のように歩いてきて、どこにやってきたのかさっぱりわからない。

道を行く大福の行商人を呼びとめた。

その男によると、赤坂新町《しんまち》四丁目ということだった。

そうか、ここも赤坂なのか、と梶之助は思った。

「ちょうどいい。大福をくれ」

ありがとうございます。男が頭を下げる。

「おいくつですか」

「一個いくらだ」

「四文《もん》です」

「なら、四つくれ」

これなら一杯十六文の夜鷹蕎麦《よたかそば》を食うのと変わらない。巾着から一文銭をつまみだす。握り飯のように竹皮包みに入れられた大福を、梶之助は受け取った。

せまい路地に入り、商家の黒塀にもたれて大福を食った。

梶之助は顔をゆがめた。うまくない。

路地を出て、行商人の姿を目で追った。

見当たらない。ちっと舌打ちする。難癖つけて、金を脅し取ろうと思ったのだが。

仕方がないのでそのまま食べた。とにかく腹を満たさなければならない。

食い終えて、口についた粉を払う。茶がほしかった。しかし、ここでは望めるものではない。

手に残った竹皮包みを放り投げた。風がさらってゆき、あっという間に視界の外に消えていった。

ふと、父や兄のことが頭に浮かんだ。ここからだと菩提寺に行くのにはどうすればいいのだろう。

なにをいってるんだ、俺は。

梶之助は首をぶるんと振った。

お参りなどとんでもない。やつらは俺の子供を殺したのだ。

許すことなどできない。ただ、憎悪しか浮かんでこない。

もう一度口許をぬぐってから、梶之助は路地を出た。

どこへ行くでもなく坂がやたらに多い起伏のある道を歩いていると、大きな神社の前に出た。

ここが氷川《ひかわ》神社であるのは知っている。二つの灯籠《とうろう》にはさまれた石段をあがると大きな鳥居があり、参道がまっすぐのびている。

その参道の向こうに巨大な本殿が見えている。境内はけっこうな人でにぎわっていた。

誰もが幸せそうに見える。

右側に大きな銀杏《いちょう》が眺められた。おそらく樹齢は百年は超えているのではないか。

根元に行って、しばらく見あげていた。その巨大さに圧倒されたが、だからといって気分は晴れなかった。

参道に軒を並べている茶店の一軒で一休みした。茶をもらう。大福の口直しに団子を食べた。

なかなかの美味だったが、やはりうまい大福が食いたかった。

茶のおかわりをもらい、梶之助はしばらく行きかう人を眺めていた。

やはり誰もが笑顔だ。どこを捜しても、不幸の種など見つけられそうにない。

自分一人がどん底に叩きこまれたような心持ちがして、悔しくてならない。

湯飲みを傾け、茶を喫する。苦みがじんわりと口中に広がってゆく。

今度はひどくまずく感じた。梶之助は湯飲みを叩きつけたい衝動に駆られたが、隣の客の眼差しに気づいてやめた。

その代わりに、なんだ、という顔で見る。客はあわてて目をそらし、代を払って茶店を出ていった。

梶之助は湯飲みを空にした。巾着を取りだし、前掛けをした娘に代を払う。

さらに中身が少なくなったことに、梶之助は苛立ちを覚えた。

「なにか」

娘が怖そうに見ている。知らず、うなり声をだしていたのだ。

「いや、なんでもない」

茶店を出て梶之助は境内を歩きだした。

本殿にお参りして体をひるがえす。

しばらく進んだとき、おや、と梶之助は目をとめた。

あの野郎、やりやがったな。

掏摸《すり》だった。

鮮やかな手口だ。商人らしい二人連れの男がおしゃべりに夢中になっていたこともあるが、着物にほとんど触れることなく財布をすり取っている。

瞠目《どうもく》すべき腕前といえた。かなり名のある掏摸かもしれない。

しかしこの際、そんなことは関係なかった。掏摸を見つけた、そのことが最も大きな問題だった。

男は早足で氷川神社を出てゆく。梶之助は男にさとられぬようにつけていった。

男は、さっき梶之助がいた赤坂新町のほうに戻ってゆく。

五丁目をすぎ、四丁目に入る。人がたくさん歩いており、いろんな話し声が耳に飛びこんでくる。手習《てならい》でも終えたのか、元気よく外に飛び出てきた子供たちの姿もあった。

もうそういう刻限なのだった。八つ半（午後三時）はすぎている。

風が強くなってきた。ばたばたと店の暖簾が鳴り、表長屋の戸がぎしぎし音を立てている。空にはやや厚い雲が出てきて、あたりは暗くなっている。南のほうだけかろうじて青空が薄く見えており、群れからはぐれたのか海鳥らしい鳥が一羽、そちらに向かって飛んでゆく。

む。そんな風景に気を取られているうち、梶之助は男を見失っていた。

急ぎ足で男が消えたと思える場所まで行った。

いない。あたりを見まわす。左手に人一人がかろうじて通れるようなせまい路地が口をあけているのに気づいた。

ここを行ったのか。梶之助はためらうことなく路地に身を入れた。

裏店の壁や商家の塀のあいだを路地は走っている。

もともとない陽射しがさえぎられ、あたりはさらに暗い。

ふっと明るいところに出た。左手が小さな稲荷になっており、赤い鳥居が立っている。

そのまま通りすぎようとして、梶之助は足をとめた。

稲荷に人の気配がしている。体をひるがえし、梶之助は境内に入りこんだ。

こぢんまりとした祠《ほこら》の裏をのぞきこもうとすると、人がずいと出てきた。

あの掏摸だった。苦笑を浮かべている。

「何者だい、あんた」

低いがよく通るいい声だ。

「俺になにか用かい」

梶之助は手のひらを見せ、上下に揺らした。

「よこせ」

「なにを」

「とぼけるな。さっきすり取った財布だ」

「なにをいってるんだ、あんた」

「黙っといてやるから、よこせ」

男はこれといって特徴のない顔をしている。輪郭は丸くもなく角張っているわけでもない。目はやや細いが、これだって人目をひくほどではない。

瞳は常に穏やかな光をたたえているはずだが、さすがに今は堅気ではない獰猛《どうもう》さが殻を破るようにのぞいている。

「それとも、とっつかまえてお上《かみ》に突きだしたほうがいいか」

「やれるのかい」

男が梶之助を見て、冷笑する。いかにも梶之助を見くだした笑いだ。

「試してみるか」

梶之助はことさら冷静にいった。

本気を感じたのか、男が身を引き気味にする。姿勢が低くなり、今にもきびすを返して駆けだしていきそうだ。

梶之助も腰を落とし、刀に手を置いた。もし男が動いたら、斬り殺すつもりでいる。それほど金がほしかった。

「わかった、わかった」

男が、降参だといわんばかりに両手をあげた。頬に流れ出た汗をそっとぬぐう。

「あんた、本当に斬ろうとしてたよな。まいったよ。金なんかより命のほうが大事だ」

男が懐を探った。

「おい、妙な真似、するんじゃないぞ」

「匕首なんかのんでねえよ。それに匕首程度じゃ、あんたには勝てねえ」

男が財布を取りだし、渡してきた。

「はい、どうぞ」

梶之助は男の腕をがしっと取った。

「なにをしやがんでえ」

男が声を荒らげたが、梶之助はかまわず袖をめくりあげた。

妙になまっちろい腕には、三つの入れ墨があった。

「なんだ、けっこうどじを踏んでるんだな。あと一度でおしまいか」

この三つの入れ墨は、これまで町方に三度つかまっているのを示すものだ。掏摸は金額の多寡にかかわらず、四度つかまれば獄門になる。

「だから素直に応じたのか」

梶之助は腕を放し、財布の中身をあらためた。ほう、と声をだした。

「けっこうあるじゃねえか」

数えてみたら、三両二分ほどあった。

これだけあれば、と梶之助は思った。当分、雨露はしのげる。

「お侍、もう行っていいですかい」

「おまえ、名はなんていうんだ。どこに住んでいる」

男が苦い顔をする。

「それは勘弁願えないですかい」

梶之助は男をじっと見た。男が、冷たいものでも背中に当てられたみたいに体をかたくする。

この男の居どころを知り、脅し続けるのもいいとは思ったが、こういう稼業をしている男だ、こちらの目をすり抜けて行方をくらますなどお手の物だろう。

「よかろう。行け」

男が一礼して去ってゆく。

横を通りすぎたとき男の顔に浮かんだおびえの色が、梶之助には快感だった。

四

花のようにやわらかな香りが鼻先をくすぐってゆく。

勘兵衛はいい気持ちに包まれた。そっと目をあき、においの元を探る。そばに美音がいた。目覚めた勘兵衛を見て、にっこりと笑いかけてくる。

「よくおやすみでした」

「美音のおかげさ」

勘兵衛は上体を起きあがらせ、妻の耳元にささやきかける。

「昨夜はよかったよ」

美音は顔を赤くした。

「今からどうだ」

勘兵衛は半分本気だった。

「駄目です」

「どうして。今日は非番だぞ。それに、史奈《ふみな》はまだ寝ているんだろう」

勘兵衛はちらりと隣の間に目をやり、娘の気配をうかがった。襖を通して、穏やかな寝息がきこえてくる。

「だってあなたさま、今日は一日、岡富さまを捜されるんですよね。昨日、おっしゃってました」

そうだった。昨夜、寝物語に美音にいったのだ。そして、美音も左源太のことが心配でならないといったのだ。

「こうしてはおられぬな」

勘兵衛は立ちあがり、美音の助けを借りて身支度をととのえた。

「朝餉はどうされます」

「うむ、食べてゆく。昼は抜いてもかまわんが、朝だけは腹に入れていかぬと、どうも力が出ぬ」

美音の給仕で朝餉を食べ終えた勘兵衛は茶を一杯だけ喫し、屋敷を出た。

重吉と滝蔵が供につきたそうな顔をしたが、すまぬな、と思いつつも勘兵衛は一人で道を歩きだした。

徒目付になって実際に供をつけなくてよくなった今、部屋住の頃の気楽さが戻ったようで、勘兵衛としてはそちらのほうを尊重したかった。

勘兵衛はまず、左源太が見かけられた麻布本村町の煮売り酒屋が連なる路地へ行ってみた。その路地には半刻ほどいて、十名近くの者が通りすぎていくのを見た。

勘兵衛はその者たちすべてに声をかけ、岡富左源太という侍を知らないか、きいた。

しかし、一人として知っている者はいなかった。左源太らしい侍を見かけた者もいなかった。

あの馬鹿、いったいどこへ行ったんだ。

勘兵衛は毒づいた。

さて、どうするか。朝餉を食べてそんなにときはたっていないのに、腹が空いてきた。怒りというのは人を空腹にしやすいのか。

目についた水茶屋の縁台に座り、茶と団子を頼んだ。

なにげなく食べた団子だったが、思いのほかうまかった。一皿に三本のっていたが、正直、もう一皿頼もうかという気にさせられた。

とろみのあるたれが甘いだけでなく、醤油《しょうゆ》のこくというものが感じられ、それが絶妙に団子に絡んでいる。団子自体もまわりはぱりっとしているのだが、なかはほんわりとやわらかで、嚙むと旨《うま》みが増してくる感じだ。

見ると、水茶屋はほぼ一杯といってよく、そこにいる客すべてが団子を食べていた。このあたりでは知られた名店なのかもしれなかった。美音を連れてきたらきっと喜ぶにちがいなかった。団子は特に好物なのだ。

また必ず来よう、と心に決めて勘兵衛は尻をあげた。

うまい団子を食べたおかげか、足は軽くなっている。おいしい食べ物というのは、人を元気づけるようだ。

どこに行くか、勘兵衛はすでに頭のなかで方向を定めていた。

着いたのは番町だ。

久岡屋敷に戻ることなく、岡富家へ直行した。だが、また門前払いが待っていた。

くそ、と思ったが、押し入るわけにもいかない。

どうするか。

ここは待つしかあるまい、と勘兵衛は腹を決めた。

すぐそばにある辻番所《つじばんしょ》の年寄りの胡散《うさん》くさげな目に動ずることなく、勘兵衛は岡富屋敷の前をじっと動かずにいた。

足がだるくなってきて少し足踏みをするくらいだったが、それでもじっとりと汗が体中に浮いてくるくらい、今日もまたあたたかだ。このまま秋のような天気が続いて、春になってしまいそうな気がする。

やがて夕闇が重い幕となってあたりを包みこみはじめた。勘兵衛の影も濃くなりつつある夕闇のなかに取りこまれた。

右手に人の気配がした。じっと目を凝らす。

ちがった。どこかの旗本だろうが、数名の供を連れて岡富屋敷の前を通りすぎてゆく。

何組かそういう者たちが行きすぎていったあと、ようやく岡富屋敷の前で足をとめた主従があった。

すかさず勘兵衛は近づいていった。

「岡富左京亮《さきょうのすけ》どのですね」

いきなりうしろから声をかけられて、背中がびくりとする。

はっとして振り向いた顔は、さらに重く垂れこめてきた闇のなかでも左源太によく似ているのがはっきりとわかった。

左京亮がじっと見る。

「久岡どのではないか」

左京亮は納戸衆の一人だ。将軍の召し物や日常に用いる道具や小さな家具をととのえ、管理する役だ。将軍の衣服にかすかな染みを見つけたように顔をしかめる。

「なにか」

勘兵衛は用件を告げた。

「左源太は他出中だが」

「どこへ行ったのです。最近は道場にも顔をだしておらぬようなのですが」

「道場に行かぬのは、才のなさに気がついたからではないのかな。徒目付どのが気にするようなことではないと思うが」

頭を下げて左京亮がくぐり戸を入ろうとする。勘兵衛はその先にまわりこんだ。

左京亮がむっと見る。

勘兵衛は息を一つ入れた。

「それがし、今日は徒目付として来たわけではありませぬ。左源太の友の一人としてやってきました。左源太はこの屋敷を出ていったのですね。どこへ行ったのです」

ずばりいわれて、左京亮はうろたえかけた。すぐに態勢を立て直す。

「他出しているだけだ」

「どこへです」

「答える必要はなかろう。いくらそなたが徒目付でも」

勘兵衛はすっと身を引いた。

「わかりました。どうしても教えてはもらえぬのですね。では、明日から徒目付として調べさせていただきます」

くるりときびすを返した。

うしろでくぐり戸が閉まる音がした。振り返ると、供の最後の者が体を入れたところだった。

左源太になにかあったのはまちがいない。家のなかでのいざこざだろうか。

考えられるが、あの左源太が父や兄に逆らうとは思えない。左源太は心がやさしい男で、常に目上の人を敬っているのだから。

となると、左源太自身の問題か。なにか悪さをしでかして勘当されたのだろうか。

左源太の場合、悪さというのがまず考えられない。それに左京亮のあの様子からして、勘当はされていないのでは、と思えた。勘当しているのだったら屋敷に入れないのだから、他出中とはいわないはずなのだ。

勘当ではないなら、なにがあったにしろ左源太は屋敷には戻れるということだ。

そのことには安堵を覚えた。

そのとき勘兵衛は、誰かがうしろに近づいてきているのを知った。

そっと気配を嗅ぐ。

害意は感じられない。土を踏む足音のやわらかさから、どうやら女のようだ。

「あの、久岡さま」

おずおずとした声だったが、それで意を決したのか足早に近寄ってきた。

勘兵衛は振り向いた。

そこにいたのは初老の女だ。暗くなってきたなか、提灯を下げている。その灯りで勘兵衛は女が誰か知ることができた。

左源太の母の富代《とみよ》だ。供も連れず一人である。どうやら、と勘兵衛は思った。こっそりと屋敷を抜け出てきたのではないか。

しかしどうして。

答えは一つだろう。

期待に胸がふくらんだが、その思いを外にだすことなく勘兵衛は頭を下げた。

「どうもご無沙汰《ぶさた》しております」

「いえ、こちらこそ。昔からの友である久岡さまに、ひどい扱いをしてしまったようです。怒っていらっしゃるのではないですか」

「いえ、そんなことはありませぬ」

「でも本当に申しわけございませんでした。お詫《わ》びいたします」

富代が深く頭を下げ、腰を折る。それにつれて提灯も揺れた。勘兵衛は胸を衝《つ》かれた。しわ深い顔が照らしだされた。ずいぶんと老けたな、と勘兵衛は胸を衝かれた。左源太のことが心配でならないのではないか。

「いえ、そのようなことはございませんので、ご安心ください」

勘兵衛がいうと、富代は小さく笑ってくれた。

「ありがとうございます。勘兵衛さまは昔から変わっていませんね。本当におやさしい」

久岡さまから呼び方が変わった。そのことが勘兵衛はうれしかった。

富代は少し苦い顔をしている。

「それにくらべてあの子はいったいなにをしているのでしょう」

勘兵衛はまわりを気にした。

「左源太のことですね。お話ししてくれるのですか。でも、ここできくような話ではないような気がしますが」

富代もあたりを見まわした。

「いえ、かまいませぬ。行きかう人もおらぬようですし、闇が包んでくれて誰が話しているかわからぬでしょうし」

富代が提灯を吹き消す。

途端に、いつの間にか厚さをぐんと増していた夜が息苦しささえ感じさせる重みをもって迫ってきた。近くの武家屋敷の塀がかすかに見えるだけだ。

勘兵衛は軽く咳払《せきばら》いした。

富代がふっと息を吐く。

「以前、勘兵衛さまはあの子を救ってくださいましたよね」

そんなこともあった。もう二年以上も前になるか、ある旗本家に出戻っていた女を殺した疑いを左源太がかけられたことがある。

その濡衣《ぬれぎぬ》を晴らし、真犯人を見つけたのが勘兵衛だった。そのとき麟蔵と一緒に動きまわったのだが、そのことが勘兵衛の徒目付移籍のきっかけの一つになったのはまちがいなかった。

「もともと左源太は罪を犯していなかったのですから。それがしは当たり前のことをしたまでです」

「でも、その当たり前のことが私たちにはできていませぬ。あの子が今でも自由にしていられるのは勘兵衛さまのおかげなのに、どうしてあのような冷たい仕打ちができるのか、私には理解できませんでした。ですからこうして出てまいったのです」

富代がかすかに笑みを見せた。

「すみませぬ、少し前置きが長くなってしまったようですね」

いえ、といって勘兵衛は待った。

「ほんの一月前のことです、左源太はまとまりかけていた縁談が壊れてしまったのです。ほとんど決まりかけていたのですが、駄目になってしまったのです」

「それで左源太は屋敷を出たのですか」

「ええ、そうです。まったくそのくらいのことで、と夫やせがれは怒っていますけど、あの子の気持ちもわかるのです」

勘兵衛は、左源太を心配して屋敷にやってきた大作との話を思いだした。

左源太はほんの一月前まで元気にしていた。むしろうきうきしているくらいだった。これだったのだ、と勘兵衛は思い当たった。あの、どちらかといえば口の軽いほうの左源太が縁談のことを大作にも話さずにいたことになる。

「あの子はこれでようやく冷や飯食いの身を脱することができるという気持ちが大きかったようです。その分、落胆もとてつもなく大きくなってしまったのでしょう」

左源太の気持ちはよくわかる。多分、これが最後の機会くらいに考えていたにちがいない。

それが壊れたのだ。もし俺が左源太だったら、果たしてどんなことをしただろう。絶望して、同じように屋敷を出てしまっただろうか。

「でも、どうして縁談は駄目になってしまったのです」

「横取りです」

左源太の母はぽつりと答えた。

「大身のお家の方があとから話をねじこむようにしてきたのです。夫やせがれにはどうすることもできなかったのです」

「大身というと」

「寄合《よりあい》です」

無役だが三千石以上の旗本だ。千石に届かない岡富家とは相手がちがいすぎる。

「寄合のなかでも五千五百石の大身です。そのお家の三男坊が、七百石の家の養子になるのです。祝言《しゅうげん》は半月ほど先ときいています」

「相手は七百石。……そうですか」

五千五百石の大身といえども養子に出られなければ、日当たりの悪い部屋で一生をすごすことになる。

それよりも、七百石の家でも当主として暮らしたほうがいい。三男坊がかわいくてならない親がそう考えたところでおかしくはない。

身分があまりに異なる婚姻、つり合いが取れない婚姻はかたく禁じられているが、今は町人が侍になる時代だ。こんなことは決して珍しいことではない。

「そうでしたか。左源太がどこにいるか、ご存じですか」

富代は悲しげに首を振った。

「いえ、まったくわかりませぬ。あの子は出ていったきり、なんの連絡もよこさないものですから」

支えていた綱が切れたように富代が顔を手で覆った。

「なにをしているのか、いえ、生きているのかすらもわからないのです」

富代が涙顔を向けてきた。

「もう戻ってこないのかもしれませぬ。どうか勘兵衛さま、あの子を見つけてやってくれませぬか」

「わかりました。必ず捜しだします」

「ありがとうございます」

富代がほっとしたように頭を下げる。

「あの子、本当は勘兵衛さまが来てくれるのを待っているのでは、という気がしてならぬのです」

富代とわかれ、勘兵衛は歩きはじめた。馬鹿め、と左源太を激しくののしった。縁談が壊れて、どうしようもなくなる気持ちはわかるが、母親にこれだけの心配をかけていること自体、許せなかった。

あの馬鹿。待ってろ。必ず見つけだしてやる。

勘兵衛は左源太がそこにいるかのように言葉を吐きだした。

きっと連れ戻してやる。

五

天井を見あげた。

この前の蛾はもういない。どこかよそにねぐらを見つけたのか。

なんとなくもの悲しさを覚えた。仲間がいなくなったような気がした。

柱に背中を預けている左源太は目を転じ、賭場を見渡した。

今夜もここまでは静かなものだ。

負けがこんで暴れる客はいないし、酔っ払って大声をだす者もいない。

賭場にいるのは三十名ほどの客だ。誰もがぎざぎざした眼差しをさいころに向けている。

左源太自身、博打にはほとんど興味がない。もともと博打など、儲かるようにできていないのがわかっているからだ。懐が潤うのは胴元だけである。

　酒が飲みたいな、とぼんやりと思った。八つ（午前二時）はとうにすぎているだろう。賭場にいるものすべて、退屈などとは無縁の目をしているが、さすがに左源太はじっとしているのが苦痛になってきている。

　ここまでなにも起きないのなら飲んでもかまわないと思うが、どこか旗本としてのきまじめさがそれを邪魔している。

　親分の寅吉には、別に飲んでもいいですよ、といわれてはいるのだが、どうも仕事に差し障りがあるような気がしてならない。

　もし飲んで仕事をするようになったら、人としておしまいなのでは、という怖れもある。

　それに、これがなによりも大きいのだが、お了と飲む酒が一番うまく感じられるのだ。それが楽しみで、左源太はここでの酒を我慢しているといってよかった。

「旦那、旦那」

　健造が寄ってきた。

「今日はなにも起きないですかね」

「それがいいな。この前みたいに暴れる客はうっとうしい」

健造がうかがうように見ているのに左源太は気づいた。

「なんだ、その目は」

えっ、と健造が声を発する。

「いえ、なんでもありゃしません」

一礼して立ち去った。

この前のことか、と左源太は思った。

暴れた客をこてんぱんに打ちのめした際、つい口走ってしまった言葉。口にしなかったのに、どうして駄目になったのか。口にすれば縁談が壊れてしまうと思い、大作にすら話さなかった。

本当にどうしてだ、と左源太は地団駄《じだんだ》を踏みたいくらいだ。

破談になったのがわかったとき、横取りも同然に入ってきた寄合の三男坊を斬り殺してやりたいほどの怒りを覚えたが、そんなことをすれば家が危うくなる。

さすがにそれを思いとどまるだけの冷静さはあった。

ただし、明らかに寄合側のほうが悪いのに、まるでこちらに非があるかのような兄や父の卑屈さは情けなかった。

「そうですよねえ」

大身であることを笠《かさ》に着ての横暴としかいえないやり方なのに、まったくなにもいえないのだから。

だが、それはもういい。仮に自分が当主だったとしても、きっと兄と同じことになってしまうだろうことはわかったから。

左源太が屋敷を出たのは、そのとき侍というものに対して、どうにもならないつまら
なさを感じてしまったからだ。

こんなせまくて汚い世界に身を置いているのが、とても馬鹿らしく、部屋住だ、養子
だ、となにかとんでもなくくだらないことで騒いでいるような気がしてきたのだ。

屋敷を出て、別の世界を見てみたいという欲求に駆られ、家族の誰にもいうことなく、
屋敷を出たのだ。

今日は賭場は平穏で、いつものように八つをすぎたところで終わった。

近くの煮売り酒屋に顔をだすことなく、左源太はお了の店にまっすぐ向かった。

お了の顔を見たくてならない。それ以上に、あのあたたかな肌に触れたい。

提灯を持ち、一人、急ぎ足に歩いた。お了は待っていてくれるだろうか。

待っていてくれるはずだ。

あたしゃ、あんたに首ったけなんだよ。もうあんた以外とは寝やしないからね。

その言葉を思いだし、闇のなか左源太は我知らずにやりとした。

殺気に気づくのがおくれたのは、そんなことを考えていたからか。

背後から数名の影が躍り出て、斬りかかってきた。

ぞわっと背中の毛が逆立ったような気がした左源太は提灯を投げ捨てるや腰を低くした。刀を引き抜き、体をよじりつつ胴に振った。

しまった、峰を返すのを忘れた、と思ったが、刀は空を切ってくれた。

襲いかかってきた影が振った刀はいずれもさして鋭くはなく、左源太は難なくよけることができた。

それにしても斬らずによかった。安堵にどっと汗が出る。

すぐに気を引き締め、何者だ、と刀尖をこちらに向けている四つの影を見渡した。

どうやら、この前の出入りで叩き伏せた浪人の仲間のようだ。

左源太は男たちをじっと見た。

「なんだ、職を追われたのが俺のせいか。見当ちがいだろう」

最初の一撃で腕はもう知れているので、左源太にあまり怖れはない。

それでもこんな闇のなかで真剣を向け合っているというのは、夢で見る場面のようでどこかうつつの気がしない。

足がかすかに震えている。その震えが上体のほうにも来て、歯がかちりと鳴った。

なんだ、本当は怖くてならないんじゃないか。

左源太は恐怖を克服したかった。それでこそ、屋敷を飛び出た甲斐があるというものだ。

こういう命のやりとりにつながる対決など、部屋住のときには味わえなかったことだ。

これを乗り越えてこそ、俺は本物の男になれる。

左源太は刀を振りあげ、斬りかかっていった。


ふう。左源太は左手で額に浮いた汗をぬぐった。

地面に倒れている四人の浪人を見おろす。

最も手こずらされた一人に近づき、地面に片膝をついた。

髷を持ち、顔をぐいっとあげた。

「おい、二度とこんな真似するんじゃねえぞ。次は容赦しねえからな」

がんと顔を地面に叩きつけた。ぐえっと男はうめきをあげて、気絶した。ふりかもしれなかったが、左源太に詮索《せんさく》するつもりなどない。

刀を鞘にしまった左源太は唾を吐き、肩をゆらりと揺らしてから歩きだした。

四人の浪人を相手に勝てるなど、それだけの力が自分に備わっていたのが不思議だったが、それ以上に四人を叩き伏せた快感のほうが強かった。

屋敷を出たのは正しかった。俺は進むべき道をついに見つけ、進んでいる。

そんな気持ちが全身を包みこんでいる。

高揚した気分のまま、左源太はお了のもとへ向かった。

お了は部屋で待っていてくれた。

「なんだい、おそかったじゃない」

左源太があぐらをかくや、しなだれかかってきた。脂粉のにおいが鼻をくすぐり、左源太の体を欲望が突きあげた。

左源太はお了を抱き締め、布団に寝かせた。

「お酒はいいの」

「あとでもらう」

左源太はお了の帯をほどいた。

「あんたぁ、好きだよ」

お了が首に手を絡ませてくる。

「あんた以外、あたしゃもういらないよ。あたしを捨てないでね」

「当たり前だ。そんなことするものか。俺も好きだ。おまえが大好きだ」

左源太はお了の体をまさぐった。そのやわらかさとあたたかさに驚きを禁じ得ない。

やっと見つけた。

左源太は強く思った。

この女こそ俺が捜し求めていた女だ。

六

少し派手につかいすぎたか。

梶之助は後悔した。

掏摸から奪った三両あまりの金も、もう尽きようとしている。

また金を手に入れなければ。

やはりあの掏摸を素直に帰すべきではなかったな、と思ったが、悔いたところでもはやおそい。

また氷川神社に行ったところで姿をあらわすまい。きっと俺を怖れて河岸《かし》を変えたに決まっているのだ。

真っ当に稼いでみるか。

それもいいかもしれない。腕のいい師範代を捜している道場でも、どこかにあるのではないか。

そういうところにもぐりこむことができれば、この先雨露をしのげる場所を捜し続けずともよくなる。

それは実にありがたい。

ただ、空腹が募ってきた。懐具合を考え、まだ我慢できる、と思いつつ、ふらふらと歩いて町屋がやたらと目につく界隈《かいわい》に入った。

このあたりは、と梶之助はまわりを見て思った。飯倉新町《いいぐらしんまち》や麻布新網町《しんあみ》、麻布宮村町《みやむら》などが道沿いに連なっているところだ。

いいところに出てきたものだ。この辺なら口入屋《くちいれや》はいくらでもあるだろう。

梶之助は、さっそく目についた口入屋に足を踏み入れた。

しかし、これといっためぼしい仕事は見つからなかった。日傭の人足《にんそく》仕事や、あとは武家屋敷の中間だ。

両方ともいやだ。特に、中間奉公など決してやりたくない。

ほかの口入屋にも行ってみた。やはり同じで、道場で人を求めているところなどなかった。

あったとしても、ちまたに浪人などあふれているからそういう好条件のところはあっという間にふさがってしまうのだろう。

用心棒ならあった。説明をきいて、やくざ者が多く求めているのがわかった。

やくざ者か、と梶之助は思った。この前、やられたことが頭によみがえってきた。冗談ではない、誰がやくざ者の下で働くものか。

結局、四軒の口入屋をまわってみたが、これといったところを見つけることはできなかった。

腹が減ってきた。なにで腹を満たすか。蕎麦でもいいが、やはりうまい大福が食いたい。

どこかいいところはないか。この前みたいなまずいのはいやだ。もう乏しくなった金をつかうのだ、いいつかい方をしなければならない。

そうだ、と梶之助は思いだした。一軒、いい店がある。あそこは格別だ。

だが、行きたくはなかった。行けば、どうしても七年前のことを思いだしてしまうだろう。

どうする。梶之助は迷った。

だが空腹のほうが勝った。ままよ。西へ向かって歩きだす。

麻布の坂の多い道をのぼりくだりするようにして歩き、ある寺の門前で足をとめた。町としては麻布桜田町《さくらだちよう》になる。桜田町は一つの町としてはかなり大きく、そのなかでここは北の端にあたる。

悠弘院《ゆうこういん》という扁額《へんがく》が門に掲げられている。

じんわりと苦い思い出がよみがえってきた。

もう七年も前の話ではないか。なにをためらっている。

自らを励ますようにして梶之助は山門をくぐった。

門自体は小さいが、境内はなかなか広い。この寺は数多くの木々が植えられていることで名がある。桜や藤、欅《けやき》、楠《くすのき》、栃《とち》などがところせましと植わっている。真冬間近の寒気が居座ってもいい頃だが、今年はほとんど寒くならない。まさかこのまま春が来てしまうようなことはないだろうが、秋口のようないい風が吹き渡っている。

その風に惹《ひ》かれたわけでもあるまいが、けっこうな人で境内はにぎわっていた。

梶之助が目指しているのは、境内にある水茶屋だ。店の名は伊祖屋《いそや》。

前に来たときと店は変わっていない。赤い毛氈《もうせん》が敷かれた縁台が四つ、その奥にはやはり毛氈が敷かれた十畳ほどの細長い座敷がある。座敷のほうは何組かの客が入り、それぞれ間仕切りでへだてられている。

梶之助はあいている縁台に座った。娘が注文を取りに来る。前にいた娘とはやはりちがう。流れた月日の長さを考えれば当たり前だった。

茶と大福を注文した。

すぐに注文した品が運ばれてきた。

いきなりかぶりつくようなことはせず、しばらく眺めていた。

姿のよさは昔と変わらない。よその大福より餅《もち》がふんわりとしているのがわかる。

この大福はこの店のばあさんが奥でつくっているらしいが、ということはまだ健在なのだろう。

そっと手に取る。やわらかさが心地よい。

口に入れると、餅の粘りがまず舌にさわり、次に餡《あん》の甘みが口中にあふれた。

うまい。思わずうなった。

やはりここの大福は最高だ。餡は甘いだけでなく、つやつやしている。なにか豆の煮方に秘訣《ひけつ》があるのかもしれない。

かといって、それを知りたいとは思わなかった。秘訣を問うたところで教えるはずがないし、知ったところで自分にできることではない。こういうのはその道をもっぱらにする者にまかせておくほうがまちがいがない。

お保にも食べさせてやりたかったな、と思った。きっと喜んだだろう。

お保のことを考えたら、寂しくなってきた。どうして死んだ。大声で叫びたい。

お保は出産で死んだのだ。子が生まれると同時に血がとまらなくなり、そして死んだのだ。あっけないものだった。

子供は男児だった。それであっけなく間引きされた。

梶之助はさらに苦みを増したような茶を飲み干し、代を払おうとした。うまい大福を食べた満足感など消し飛んでいる。

左手から門をくぐってやってきた人の気配を感じ、なんとなく顔をあげる。

次の瞬間、体がかたまっていた。

旗本と妻らしい女が歩いてきている。供が何人かついてきているが、門の脇にとどまっている。

梶之助は目が釘づけになった。

あの女だ。まちがいない。歳は取ったし、眉は落としているが、美しさはあまり変わっていないようだ。

石畳の上をやってきた旗本と妻が怪訝《けげん》そうに梶之助を見、会釈して通りすぎてゆく。

女は梶之助のことを覚えていない。

夫は六尺（約一八二センチ）近い偉丈夫で、堂々とした風采《ふうさい》をしている。夫婦ともに、いかにも裕福そうな身なりをしていた。

しかし、まさか本当に会うとは。梶之助はどすんと縁台に尻を置いた。

もともとこの寺は、あの女の家の菩提寺だ。会ったところで不思議でもなんでもないが、なんとなく運命めいたものを感じた。

七年前ここに来たとき、俺はなにをしようとしていたのか。

そうだ、思いだした。いや、思いだすまでもない。

あの女に問いただすつもりでいたのだ。どうしてなのか、と。

しかし、結局はなにもいえなかった。

今、ここで会ったのは運命めいたものなどではない。天命なのだ、と梶之助は直感した。そう、導かれたのだ。

よし、やるぞ。やってやる。

ぐっと奥歯を嚙み締めるようにして決意をかためた。

梶之助は、墓地のほうに向かう二人をにらみつけるようにして見送り、立ちあがった。

水茶屋の娘がじっと見ている。

なんだとばかりに見返すと、娘はあわてて目をそらした。

七

「でも勘兵衛、何度もいうように八郎左衛門はいいやつだぞ」

「それは俺もわかっている。でも、気になるんだ」

「そうか。まあ、仕方ないな。勘兵衛が納得せぬことには、探索は進まぬものな」

麟蔵に了解をもらって昼前に城を出た勘兵衛と修馬は本郷一丁目に向かっていた。

今日も江戸はよく晴れているが、冬が自分の果たすべき仕事を急に思いだしたかのように冷たい風が吹き渡っており、道行く人たちは勘兵衛、修馬を含めて誰もが風に追われるように早足になっている。

ほぼ中天にある太陽は昨日までの勢いを失い、建物や人をあたためるようなことはほとんどない。行く手には風が巻きあげた土埃が幾重にも舞い、いかにも冬の寒々しい景色になっている。

「でも勘兵衛、どうしてそんなに八郎左衛門のことが気になるんだ」

修馬が手ぬぐいで額に貼りついた土を払いつつ、きく。勘兵衛は、目に入りこんだ土埃を指でぬぐった。

「あの男にはどこか陰がないか。金を借りる者にとってはいい金貸しだろうが、ああいうふうに良心的にやっているのも、なにかうしろ暗いことがあるからではないのか」

「そうかな。うしろ暗いところが八郎左衛門にあるとは思えぬのだが」

勘兵衛としては、なにかをやらかしており、その申しわけなさから客たちに手厚くしているのではないだろうか、と考えている。

本郷一丁目に着いたが、本八屋に行くことはせず、自身番に寄って町役人に会った。八郎左衛門がこの町に住み着いた経緯と請人が誰かをきく。

請人はこの町の名主《なぬし》だった。

名主はかなり大きな家に住んでいた。南側にひらけた庭には桜らしい老木が一本植わっており、この家の者がずっと昔からこの町に住み続けていることを教えている。

名主は在宅していた。徒目付が屋敷を訪れたことはこれまでなかったらしく、さすがに驚いていたが、しわ深い顔はいかにも経験深げで、あっさりと落ち着きを取り戻した。

名主の話から、十四年ほど前に八郎左衛門が本郷一丁目にやってきたのがわかった。

「人別帳《にんべつちょう》を見せてくれるか」

「わかりました」

勘兵衛が頼むと名主は気軽に立って、分厚い帳面を持ってきた。

各町の名主のところには、奉行所などの要請に応じるために常に最も新しい人の出入りが記された人別帳が用意されている。

手渡された人別帳を繰ると、八郎左衛門は以前、本郷元町にいたのが知れた。家主は力蔵《りきぞう》、というふうになっている。

「八郎左衛門が住んでいたここは、なんだ」

勘兵衛が指で示したところを名主がのぞきこむ。

「ああ、前に八郎左衛門さんが世話になっていた金貸しのところですよ」

力蔵の店は本力《ほんりき》屋といった。

「行かれますか」

名主が問う。

「そのつもりだ」

「でも、力蔵さんはいらっしゃいませんよ」

「どうしてだ」

「もうこの世にいないんです。十三年前、本力屋は盗みに入られて、力蔵さんはその半年後に病死したんですよ」

そうか、と勘兵衛は答えたが、本郷元町に行くのには変更はない。

勘兵衛たちは名主のところを辞した。道を急ぎながら勘兵衛は横の修馬を見た。

「修馬、力蔵という男が死んでいるのを知っている顔だな」

ずばりいうと、修馬はさすがに驚いた顔をした。

「よくわかるな」

「修馬が黙りこんでいるときというのは、なにか腹にあるときなんだ。――知っていたんなら、どうしていわなかった」

「だって勘兵衛は自分で調べなきゃ満足せぬだろうが」

「ふーん、そうか。つまり修馬、おぬしも八郎左衛門のことを調べたんだな。なんだかんだいっているが、やはり八郎左衛門を疑っているんじゃないのか」

「疑っているとかそういうことではない。一応、調べておく必要があると踏んだだけだ」

「そうか。ところで、本力屋に入った盗人《ぬすっと》はつかまったのか」

「ああ、確か二人組で、かなりはやくにつかまり、獄門になったはずだ」

本力屋のあとは、すでに他の店が入っていた。海苔《のり》やわかめなど海産物を扱う店で、客の出入りは繁《しげ》く、けっこうなにぎわいを見せていた。

本郷元町の自身番で町役人に会い、本力屋が盗人に入られたときのことを詳しく覚えている者がいないか、たずねた。

つめている町役人の一人が、手前でよろしければ、と出てきた。

二人組の盗人は昼間のうちに本力屋の屋敷のほうに忍びこみ、夜をじっと待っていたのだという。

力蔵や奉公人が寝入ったのを見計らい、力蔵が寝所に置いておいた手提げ箱から二十五両入りの包み金を二つ、奪って逃げた。

その後、ちがう店に盗みに入って逃げだすところを奉公人に見つかり、町奉行所の手によってとらえられた。

「力蔵はその半年後に病死したとのことだが、持病でもあったのか」

「肝の臓が悪かったらしいです。あの病の常で、顔色はいつも悪かったですよ。よくお医者も来てましたし」

「もっともあのこそ泥が、力蔵さんに引導を渡したということになるんでしょうけど」

別の町役人が横からいった。

「ええ、力蔵さん、泥棒に入られたことに本当にびっくりしてましたから。おそかれはやかれお迎えは来ていたんでしょうけど、あのこそ泥こそが力蔵さんの寿命を縮めたのはまちがいないでしょうね」

七十郎に会いたかったが、奉行所にはいなかった。見まわりに出ているとのことだ。予期していたことだから、勘兵衛に落胆はない。見まわり先がわかればそちらのほうに行っていたが、今の刻限、どのあたりに七十郎がいるのか、勘兵衛は知らなかった。七十郎の代わりというわけではないが、修馬と親しい手塚《てづか》という同心がいて、応対してくれた。

さっそく本力屋の話をきいた。

手塚は二人組の泥棒のことを覚えていた。一応、その事件の書類にもあたってくれたが、修馬のいう通り、二人ともあっさりとつかまったとのことだ。二月後に獄門になっている。

盗まれた金は五十両。それも見つかっていて、無事、力蔵に返された。

ということは、この盗人の事件は八郎左衛門にはなんの関係もないのだ。勘兵衛はそう判断するしかなかった。

「力蔵が死んだあと、店を継ぐ者は」

勘兵衛は手塚にきいた。

たよ」

「養子がいたが、そいつに商売の才はなかったらしくて、さっさと店をたたんでしまったよ」

養子か、と勘兵衛は思った。本力屋はかなりの金貸し屋だったはずだ。その養子というのは、力蔵の死によって莫大な金を手にしたのではないか。

おそらく千両ではきかないはずだ。

「今、その養子はどこに」

手塚は顎に手をやり、首をひねった。

「さて、どこにいるのかな」


修馬が手ぬぐいで頭をごしごしとふいた。黒く土がつく。

「ふう、しかし寒いな」

「ああ、風が強いからな」

風は先ほどより強くなった感じだ。いつしか空から雲を一掃していた。それに力をそがれたわけでもないだろうが、太陽はさらにその勢いをなくしている。

「修馬、疲れたか」

勘兵衛は笑いかけた。

「そんなことはない。ちょっと腹が空いただけだ」

考えてみれば、昼飯もとらずに動きまわっていた。

「じき本郷元町だ。あの町まで行ったら、なにか腹に入れよう」

「いや、その前に空腹をなんとかしよう」

「わかったよ。修馬、このあたりでうまい店を知っているのか」

「いや、知らぬ」

勘兵衛は付近を見渡した。

「そこの蕎麦屋でいいか」

蕎麦好きの修馬が顔を輝かせる。

「いいな。天麩羅《テンプラ》蕎麦はあるかな」

「なんだ、豪勢だな。それなりに金は持っているんだな」

「天麩羅蕎麦が豪勢か。千二百石の当主がさもしいことをいわんでくれ。おごるよ」

刻限がとうに八つ（午後二時）をまわっていることもあるのか、店はそれほどこんでいない。

修馬がきょろきょろとなかを見まわしている。

「なんだ、蕎麦屋が珍しいのか」

勘兵衛がきくと、修馬が顔を寄せ、ささやき声でいう。

「いや、うまいかまずいか店のつくりを見ればだいたいわかるものなんだ」

「ここはどうだ」

「期待できそうだ」

勘兵衛も見てみた。こぢんまりとした店で、十五畳ほどの座敷があるだけだが、柱はがっしりとして黒光りし、高い天井に渡されたうねるような梁《はり》も太く、いかにも重々しい。厨房から盛んに湯気があがっており、蕎麦のいい香りが鼻先にまとわりつくように流れてゆく。

沓脱《くつぬ》ぎからすぐのところに二人は座を占めた。注文を取りに来た小女に、修馬が天麩羅蕎麦を二つ頼む。

「しかしなんだな、勘兵衛。蕎麦屋に来ると、酒が飲みたくなるな」

「飲む気か」

「まさか。仕事中に飲むほどにはまだ落ちぶれてはおらぬ」

けっこう待たされたが、やってきた天麩羅蕎麦は期待にたがわぬものだった。

蕎麦切り自体ひじょうに甘く、喉越しもよくてうまかったが、天麩羅もまた蕎麦に負けていなかった。

特に海老《えび》の天麩羅がすばらしかった。衣はからりとし、海老の身は嚙むとぷつんと切れ、そこからじんわりと海の旨みが口のなかにあふれる感じがした。

ごま油が浮いたつゆと一緒に蕎麦切りを飲みこむように食べると、まさに至福が体を包みこんでくれた。

勘兵衛はつゆを飲み干し、海老の天麩羅のしっぽも食べて箸を置いた。

見ると、修馬も同じだった。にこにこと子供のように笑っている。

「満足したようだな」

勘兵衛がいうと、深くうなずいた。

「久しぶりにうまいといえる蕎麦切りにありつけたよ」

うまいものを胃の腑《ふ》におさめ入れてすっかりいい気分になった二人は、本郷元町に入った。自身番に再び寄り、町役人に話をきく。

力蔵の養子が為之助《ためのすけ》という名であるのがまずわかった。町役人たちは、店をたたんだあと為之助がどこに行ったのか知らなかった。

「為之助の実家は」

自身番につめている町役人たちは一様に首をひねった。

「さあ、どこでしたかねえ」

「為之助さん、どこかから出てきたんじゃなかったでしたっけ」

「ああ、そうですよ。八郎左衛門さんと同じで、どこか田舎から出てきたはずですよ」

「甲斐《かい》国か」

八郎左衛門の故郷をだして、修馬が問う。

「いえ、ちがうと思います」

勘兵衛たちは町名主の屋敷を訪問した。

名主に人別帳を見せてもらい、為之助の故郷と行き先を捜した。

為之助の故郷は人別送りから、駿河府中《するがふちゅう》であるのが知れた。いわゆる駿府《すんぷ》だ。そこから江戸に出てきたのはもう二十五年ほど前。

どうやらもとは侍のようだ。名主によると、旗本か御家人だった為之助の父がなんらかの理由で江戸を去り、縁戚《えんせき》を頼って駿府に行ったが、その後、父の死とともに為之助は一人江戸に出てきたのだという。

剣の腕を活《い》かして用心棒などをして糊口《ここう》をしのいでいたが、本力屋の用心棒になったのを契機に力蔵の下で働くようになったらしい。

これは八郎左衛門とまったく同じだ。力蔵は才のある者を見抜く目があったということらしいが、その才を八郎左衛門以上に見こまれたはずの為之助がさっさと商売をやめてしまったというのは、やはり不可解だ。

なにか裏があるのではないか。

勘兵衛はそう察し、横に座っている修馬をちらりと見た。修馬が小さく顎を動かし、同意を示してみせた。

人別帳から、この町を去った為之助が小石川上富坂町に引っ越したのがわかった。

勘兵衛と修馬はさっそく行ってみた。

だが、そこに為之助はいなかった。半年ほど住んだのみで、またも引っ越していた。

小石川上富坂町の人別帳を見て、次の町である小石川春日町《かすがちょう》に勘兵衛たちは赴いた。

ここではさらに住んでいた日々は少なく、三ヶ月ほどしかいなかった。

この町からは引っ越したわけではなかった。ある日突然、為之助は姿を消したのだ。

勘兵衛たちは為之助が住んでいた長屋にも行ったが、もうとうに火事で焼け、新しい建物に変わっていた。

「なあ、勘兵衛」

姿を消したのが七年前のことで、以来、誰も為之助の姿を目にしてはいない。

すっかり暮れはじめて大気がさらに冷えてきたなか、急ぎ足で城に戻りながら修馬がいった。

「どうして為之助はそんなに頻繁に住まいを替えたりしたのかな」

「答えは一つじゃないのか」

修馬が興味深げな眼差しで見る。

「追われていたからだろう」

「俺もそう思う。でも、誰に追われていたのかな」

それはさすがにわからない。お美枝の父親である太郎造の失踪と関係しているのか。

もっと調べたかったが、今日はここまでだった。

八

闇に目を光らせていた。

どんな動きも決して見逃さないように梶之助は注意している。

真っ暗な屋敷は静かなものだ。最後の灯りが消されて人の気配が絶えてから、もう半刻以上になる。

どこからか明るさが漏れ忍んできてぼんやりと屋敷のそこかしこが見えているが、人がまだ起きているらしい声など一切きこえない。

梶之助は庭の奥の茂みから動き、火など一度も入れられたことがないような灯籠の脇に身を移した。

そこからさらに屋敷の様子をうかがった。

なにも動きはない。

よし、やれる。

刀ではなく、梶之助は脇差の鯉口を切った。

息を一つ入れ、すっと立ちあがる。足早に庭を横切り、濡縁にあがった。

武家屋敷はどこも鷹揚《おうよう》なもので、侵入者などこの世にいないかのようになんの対策も施されていない。

以前、武家屋敷をもっぱらに狙う盗賊がお縄になったことがあったが、商家にくらべたら楽すぎて話にならなかっただろう。

しかも体面を重んずるから、いずれの武家も盗みに入られたなどと届けず、それがその盗賊を大胆にし、さらに跳梁《ちょうりょう》をほしいままにしたという面があったらしい。

梶之助は、すでに昼間のうちにこの屋敷の塀を乗り越え、庭にひそんでいた。隅の大木の背後にじっとうずくまっていたのだ。

九つはとうにすぎている。空に月は出ているが、糸のように細い。光は弱々しく、ほとんど地上に届いていない。

よし、やるぞ。

心のなかで再びつぶやいた梶之助は立ちあがり、そっと障子をひらいた。

身をくぐらせる前に、あらためて気配を嗅ぐ。誰もいない。

すっと座敷に足を踏み入れた。すぐに障子を閉める。

屋敷内の闇に目が慣れるまで、ひたすらじっとしていた。

この屋敷内にはあるじと妻、二人の子供、そして隠居の夫婦が住んでいる。

奉公人はほとんどが長屋門のほうにいる。用人のなかで最も身分が高い者だけが一人、母屋に部屋をもらっているが、その部屋はかなり西のほうにはずれている。こちらでのできごとが伝わるはずがなかった。

息を殺しつつ、梶之助は次々と襖をあけていった。

旗本屋敷がどうなっているかなど、よくわかっている。

どこに当主が寝ているか、そして妻や子供、隠居夫婦がどこにいるかも熟知している。

最初に見つけたのは当主の夫婦だ。仲むつまじく二つの布団をくっつけるようにして寝ていた。

どうやら、と二人の寝息をうかがいつつ梶之助は思った。一緒になった当初からずっと仲がよかったのだろう。

似合いの夫婦といわれたにちがいなかった。

だが、それも今日までだ。

この女は、と梶之助は見おろした。俺を見くだしていた。だからあっさりと乗りかえることができたのだ。

許さぬ。

梶之助は瞳に憎悪をたぎらせた。

すらりと脇差を抜き、逆手に握りかえた。

じっと女を見る。女は深い眠りのなかにいる。いや、頰に笑みを浮かべている。なにも知らず、幸せそうな夢でも見ているかのようだ。
なにかつぶやき、梶之助はどきりとしたが、単なる寝言だった。
夫のほうがその寝言に応ずるかのように寝返りを打った。
梶之助は身を沈め、夫を見つめた。起きたらどうする。
そんなのは忍びこむ前から決めていた。こいつから殺すだけだ。
夫はまた穏やかな寝息を立てはじめた。
こいつがいなかったら、俺は今頃どうしていたか。
梶之助は、こちらに顔を見せている夫をにらみつけた。
ふっと息を漏らし、首を振る。今さら考えても詮《せん》ないことだ。
しかし、あきらめきれないものも心の片隅にはある。
この男さえいなかったら、俺の人生はまったくちがうものになっていたはずだ。
憎悪がまた胸に満ちてきた。
こいつからにしよう。
梶之助は布団を足側からまわりこみ、当主の枕元に立った。
そっと両膝をつく。みしりと畳が鳴った。
うん、と眉をひそめるようにして当主がかすかに顔を揺らした。
起きるか、と思ったが、その前に勝手に梶之助の腕は動いていた。

掛け布団を突き破り、ずんという手応えが伝わった。かっと当主が目をひらく。

かまわず、梶之助はぶすぶすと体深く突き刺してゆく。脇差は当主を貫き、敷き布団に達した。

当主は梶之助を認めたか、手を伸ばしかけたが、その手は途中でとまった。枯れ枝のように肘のところで曲がっている。

当主はすでに息絶えている。目があいている。梶之助は閉じてやった。別に思いやりからではなく、ただ見られているような気がしてうっとうしいだけだ。

妻のほうを見た。なにも知らない顔ですやすやと眠っている。

今、一緒にあの世へ送ってやるよ。

梶之助は心中でささやき、脇差を振りあげるや一気に突き刺した。

ほとんど同じ手応えだった。

妻のほうもあっさり息をしなくなった。

こうなるのは、七年前から決められた運命だ。そんな気が強くした。俺たちはこうなることが宿命づけられていたのだ。

脇差を引き抜き、背後の襖を見た。

次の獲物はそこにいる。

第三章

一

屋敷の前でちょうど修馬と一緒になった。

「おう、勘兵衛」

斜めから射しこむ朝日をさえぎるように、手で庇《ひさし》をつくった修馬が急ぎ足でやってきた。

「ここか」

修馬が長屋門に向けて顎をしゃくる。

「ああ」

門の前に麟蔵直属の小者が二人いて、厳しい目をあたりに配っている。関係ない者は一人たりとも入れないというかたい決意に瞳は輝いている。

門前には、なにごとがあったのか、と好奇の心を丸だしにした町人たちが大勢集まっていた。

すっかり小者たちに顔を知られるようになった勘兵衛たちはその者たちをかきわけるようにして、なかに入った。

玄関にあがり、屋敷内を進む。

奥に行くと、麟蔵の姿が見えた。配下の者たちはすでに全員が顔をそろえて調べに当たっているようだ。

「おう、来たか」

勘兵衛たちを認めた麟蔵が無表情にいう。

おそくなりました。勘兵衛たちは一礼して、頭に近づいた。

「本当だな。もっとはやく来い」

「申しわけありませぬ」

修馬が殊勝に答える。勘兵衛はあらためて頭を下げた。

「屋敷の者が殺されたとききましたが」

修馬がたずねる。

「見てこい」

麟蔵がさらに奥の座敷を指さす。

勘兵衛と修馬は、すぐに息を飲むことになった。

布団のなかで夫婦が息絶えている。歳からして、どうやらこの屋敷の当主夫婦だろう。この屋敷の主は山崎伝八郎《やまざきでんぱちろう》、三十七歳。勘定奉行配下の勘定衆《かんじょう》の一人。勘定衆は全部で百八十四人いる。家禄《かろく》は六百石。

「布団ごと刺されているな」

唇を噛み締めつつ修馬がいう。

「ああ、そのようだ。当主のほうは刺されたのをさとって賊に向かって腕を伸ばしたが、内儀のほうは刺されたことを知ることはなかったみたいだな」

勘兵衛はなにげなく目を動かした。はっと体がかたまる。

「どうした」

勘兵衛の目を追った修馬もぎくりとしたように動きをとめた。

「……子供か」

「そのようだ」

二人は夫婦の死骸をよけるようにして次の間に歩み寄り、敷居際からなかを見た。

小さな子供が二人、死んでいる。こちらも二親と同じ殺され方だ。二人ともまだ十にも達していない。

「むごいな」

修馬が拳を握り締めている。

「どうしてここまで」

許さぬぞ、と勘兵衛は怒りの炎が一気に燃えあがるのを感じた。

「勘兵衛、必ずつかまえよう。どんな理由があるにしろ、こんなことは許されぬ」

勘兵衛はしっかりと顎を引いて、修馬に決意のほどをあらわした。

「そこだけじゃないぞ」

見ると、麟蔵がいて、右手のほうを指し示していた。

勘兵衛たちはそちらに向かった。

いかにも日当たりがいい部屋だ。

そこでも勘兵衛たちは同じ光景を見ることになった。

当主夫婦の二親と思える二つの死骸が布団の上に並んでいる。二人とも目を閉じている。最期の瞬間はなにも目にしなかったようだ。だが、まさか老齢になってこんな死に方をするなど夢にも思わなかったのではないか。

この部屋で、隠居夫婦は二人で暮らしていたのだろう。きっとせがれ夫婦の気づかいで、冬でも寒くないようにこれだけいい部屋が与えられたのだ。

仲がいい一家だったはずだ。その幸せを何者とも知れない賊はあっという間に叩き壊したのだ。

許さぬ。またもさっきの憤怒が勘兵衛の体を突きあげてきた。

検視役の医師である仙庵《せんあん》がやってきて、死骸をあらためはじめた。

殺されたのは、昨夜の五つ（午後八時）から七つ（午前四時ごろ）までのあいだでは、ということだった。

「もっとせばめれば、これは手前の独断ですけど、おそらく深夜九つから八つまでのあいだ、という気がしますね」

その通りだろう。人が最も深く寝入っている時分だ。

賊が一人なのか、二人以上なのか、それすらもわからない。

ただ、一突きに心の臓を貫いている手口からして、かなりの手練《てだれ》というのはまちがいない、というのが仙庵の見立てだ。

となると侍か、と勘兵衛は思った。

あるじの伝八郎が殺された寝間のほうに戻ると、麟蔵が奉公人らしい者たちに事情をきいていた。

すべての奉公人が一つの座敷に集められ、それぞれ徒目付に事情をきかれている。調べの口調は厳しいものだ。

当然といえば当然だ。このなかに下手人がいるかもしれないのだから。

静かに近づいて勘兵衛が耳を澄ませたところ、奉公人は全員が無事とのことだ。そして、誰一人として惨劇に気がつかなかった。

あるじたちが殺されているのを見つけたのは、山崎家の用人だ。

その用人は泣いていた。あるじたちを守りきれなかったすまなさからか、それとももはや生きていること自体にむなしさを覚えているのか今にも腹を切りそうに見えた。

まさか芝居ではあるまい、と勘兵衛は思った。

しゃくりあげるのをなだめるようにして麟蔵が事情をきき続ける。

どうやら金を奪われたとのことだ。

「いくらだ」

「詳しくはわかりませんが、三十両ほどではないか、と思われます」

となると、金目当ての犯行か。

しかし、と勘兵衛はすぐに思った。確かに十分すぎるほど考えられるが、そうではない気がした。

商家への押しこみは珍しくもないが、武家というのは滅多にない。金を狙うのなら、商家ではないか。

だが、商家にくらべたら武家屋敷は格段に忍びこみやすい。しかも腕に覚えのある者なら、今の侍など怖くもないだろう。

「おい勘兵衛、これはうらみだろうな」

修馬がいう。

「うむ、俺もそう思う。だが、それならどうして金を取っていったのか」

「金はあって邪魔になるものではないぞ。うらみがある者の屋敷にある三十両、持っていかぬ手はないよな」

すっと麟蔵が寄ってきた。

「修馬のいう通りだ。これはうらみによる犯行だろう」

きっぱりと断定した。

「二人とも探索に入れ。ただしいいか、うらみだけにとらわれるなよ」

いっている意味はわかるな、という目で麟蔵が見つめる。

勘兵衛はうなずいた。横で修馬も、はい、といった。

「勘兵衛、修馬。どんな小さなことも見逃すな。山崎家をここまでにするなにかが、下手人にはまちがいなくあったのだからな。――よし、行け」

勘兵衛と修馬は外に出た。ぱあ、と目がくらむような明るい陽光にさらされる。今日は昨日が嘘のようにあたたかい。

血の生臭さが重くよどんだような屋敷を出て、勘兵衛はさすがにほっとした。

道を行く者はけっこうある。道をはさんだ目の前が町地なのだ。町としては牛込《うしごめ》白銀《しろがね》町になる。

勘兵衛は少し歩いて、山崎屋敷の塀のところに来た。

「これを乗り越えるのはさしてむずかしいことではないな」

「そうだな。塀を越えて庭に入り、家人が寝静まるのを待って襲った、そういうことだろう。ところで、勘兵衛」

修馬が小さく呼びかけてきた。修馬らしくなく、勘兵衛は目をみはった。

「さっきのお頭の言葉だが、あれはなにをおっしゃりたかったんだ」

なんのことだ、と勘兵衛は思ったが、すぐに解した。

「なんだ、もっともらしく、はい、と答えていたが、わかってなかったのか」

「そうだ。教えてくれ」

「お頭は、うらみのみに目を向けるな、とおっしゃったんだ。あれは、この犯行は勘定方という役目も関係しているかもしれぬ、そのあたりも勘案しつつ探索に当たるように、ということだろう」

「なるほど、そういうことか」

修馬が首を傾ける。

「仕事絡みか。ということは収賄かな」

「つかいこみの口封じ、このようなのも考えられるな」

修馬が首を縦に振る。

「そうだな。だが勘兵衛、一番に考えられるのはやはりうらみだよな」

二

最初に話をきくべきは、同僚や上役だろうという結論に落ち着き、勘兵衛たちは城に向かった。

まず上役に会い、伝八郎をはじめとした山崎一家すべてが惨殺されたことを伝えた。

上役はあまりに衝撃が強すぎたのか、口を呆然とあけ、ただ勘兵衛たちを見つめるだけになった。

「大丈夫ですか」

修馬がきく。

「あ、は、はい。失礼いたしました」

上役はなんとか我に返った。

「本当なのですか」

「ええ、本当です」

修馬がどういう状況であるかを、簡単に述べた。あまり詳しくいう必要はない。もしかしたら、目の前の男が下手人かもしれないのだから。

小者が座敷に三つの茶を持ってきた。すまぬな、と上役が湯飲みを取りあげる。心を落ち着けるようにすする。

「ああ、これは失礼いたした。お二人もどうぞ召しあがってくだされ」

勘兵衛と修馬も湯飲みを手にし、静かに喫した。

「それで、こちらにお見えになったのは」

茶のおかげか、動転から立ち直った上役がきく。

「むろん、事情をきくためです」

修馬が身を乗りだす。

「ずばりおききします。山崎伝八郎どのにうらみを持つ人物をご存じありませぬか」

「いえ、存じませぬ」

上役は一顧だにすることなく答えた。

「もう少し考えていただけませぬか」

修馬がやんわりという。

「ああ、そうですな」

上役はしばらく下を向いていた。

「いえ、やはりありませぬ。山崎どのはそれこそ温厚そのものでしてな、人に好かれこ

「そうですか……」

そすれ、うらみを買うようなことはありませぬよ」

　修馬がうなずく。

「それでは、収賄やつかいこみの噂は」

　上役があっけにとられた。

「なにをいわれるのです。そのようなことがあるはずがありませぬ」

「山崎どのがじかに関わっておらず、むしろとめる側にまわっていたようなことは」

　上役はきかれた言葉の意味をじっくりと考えているようだ。

「それは、そのようなことが行われているのを知った山崎どのが口封じをされた、と」

「そういうことも考えられないではない、ということです」

「いえ、そのようなことは一切」

　上役は首をぶるぶる振った。

「収賄やつかいこみは、昔はそれこそ盛んだったというのはきいています」

　上役はややぬるくなってしまった茶を飲み干した。

「でも今はちがいます。五年ほど前でしたか、つかいこみと商人たちから賄賂《わいろ》をもらっていた罪で、それがしの同僚が三人、斬罪《ざんざい》に処せられています。切腹さえ許されなかったのです。上の方たちの決意を感じましたよ。それからぱったりと、その手のことは勘定方から消え失せたといっていいと思います」

上役の表情は真摯《しんし》さに満ちていた。この顔に嘘はないように勘兵衛には思えた。

ただ、それでも収賄などは決してなくならない。ここ勘定方だけでなく、ほかの役人たちもほとんど公然といっていいくらいに出入りの商人たちに賄賂を要求する。

それでももし罰せられる者がいたら、それはよほど運が悪かったか、やり方がまずかった、と思われるくらいのことでしかない。

「わかりました。今日はこれで失礼いたします。なにか山崎どのに関し、思いだしたことがあったら、小さなことでもけっこうです、必ず知らせてください」

わかりました。頭を下げる上役に一礼して、勘兵衛たちは立ちあがった。

山崎伝八郎の同僚たちの詰所に向かう。

「勘兵衛、今、俺たちに引っかかってきている収賄の噂とかは一つもないよな」

「ああ、なにも入ってきておらぬ」

同僚たちに会った。山崎伝八郎は勘定衆のなかでも、酒造係という酒に関することほとんどすべてを担当する組にいた。

ずらりと詰所に並んだのは、同じ組の十五名ほどだ。その者たちに伝八郎の死を告げると、誰もが声を失った。

あれだけ元気だったのに。まさかそんなことがあるなんて。信じられぬ。

次々とうめきに似たつぶやきが組衆の口から漏れる。

全員が、伝八郎とはおととい会ったのが最後だった。昨日、伝八郎は非番だったからだ。

誰もが、伝八郎はいい男だったと口にした。うらみを買うような人物では決してない、と。

口喧嘩《くちげんか》をした者は何人かいたが、むろんそれは一家惨殺するようなうらみなどでは決してない。

仕事ぶりはまじめ一方で、酒問屋や造り酒屋の者からの信頼は厚かった。

伝八郎が特に担当していたのは、酒造に関する蔵や商家からの冥加金《みようがきん》の取り立てだった。

どこの者だって冥加金など支払いたくはなく、なんとかごまかそうとするところが多いが、温厚な伝八郎がその者たちと話をすると不思議となめらかに支払いが進むのだった。

むろん、収賄の噂などこれっぽっちもなく、そのことで殺されるようなことは決してない、と全員が口をそろえた。

かといって、ほかに殺される理由を一人として見つけられなかった。

「勘兵衛、しかしおかしいよな」

酒造係の詰所をあとにして、すぐに修馬がいった。

「誰もがうらみを買うような人物ではない、という。でも実際に殺されてしまっているんだ。なにもうらみを買わなかった、なんてことはないのにな」

「ああ。でも修馬、うらみを買いそうもない人物だから、一つでも見つけられさえすれば下手人にたどりつける、そういうことではないか」

「そうか、そういうことだな」

修馬が納得する。

「それで勘兵衛、次はどこだ」

勘兵衛たちが向かったのは、山崎家の一族のところだった。

その屋敷の主は一族の重鎮といっていい人物で、山崎家のことならなんでも知っているとのことだ。

ただし歳はかなりいっており、すでに七十を超えていた。顔はしわが一杯で、歯もほとんどすべて抜け、言葉はひじょうにきき取りにくかった。

かろうじてわかったのは、山崎家の当主である伝八郎は婿養子だったことだ。今から七年前、山崎家に婿入りしていた。

さっそく伝八郎の実家に足を運んだ。

そこは田島《たじま》家といい、こちらも勘定方だった。山崎家から東へおよそ五町《ちょう》（約五四五メートル）ばかり行ったところで、江戸川に架かる竜慶《りゅうけい》橋を渡ってすぐのところにあった。

町としては、小石川諏訪《すわ》町になるのか。勘兵衛にはよくわからなかった。修馬もはっきりとは知らない様子だった。

とにかく武家屋敷が密集しているところで、その一角に田島家はあった。八百六十石取りというから、決して小さな家ではない。

屋敷は空も同然だった。これは予期していたことで、この屋敷の者が山崎家に向かったことはわかっており、勘兵衛たちの目的はむしろ屋敷に居残っている者だった。

家の者がいないほうがいいにくいこともいえるのではないか、という期待が勘兵衛たちにはあった。

この屋敷に古くから仕えているという下男を見つけ、話をきいた。

だが伝八郎の死を悲しむばかりで、有益と思える話をきくことはできなかった。

伝八郎さまはとてもよいお方で、こんなじじいにもいつもやさしく声をおかけになってくださいました。

それから勘兵衛と修馬は田島家の縁戚、一族に立て続けに会った。

だが、なにも出てこない。うらみを買うような人物ではない、と誰もがいった。

こんなことになるなんて、いったい誰が予期できるものだろうか。

最後に訪れた一族の隠居の言葉だった。

だが、それが伝八郎たちを失った者のまったく飾りのない言葉であるように勘兵衛には感じられた。

その後、伝八郎の妻の貴江《きえ》や隠居の与右衛門《よえもん》の友人、知人にも会った。

しかしこちらもなにも出てこない。与右衛門の妻である実喜《みき》の実家にも行ったが、やはりなにも得られない。

隠居の与右衛門が伝八郎と同じ養子であるのがわかって、実家にも足を延ばしたが、こちらも収穫は一つとしてなかった。

すべてを訪問し終えたとき、日はとっくに西の空に没していた。

疲れきった足を運び、勘兵衛と修馬は城に戻っていった。

三

まさかこんなにはやくはじめるとはな。

左源太は眠い目をこすった。

ここは、この前、出入りがあった場所に近い草原だ。あそこから東へ三町ほどはずれているだけだ。

ここも林にすっぽりとまわりを囲まれ、樹間にかろうじて百姓家らしいものが小さく二軒見えているだけだ。

おそらく近くの百姓が薪《まき》拾いに来るのがせいぜいで、滅多に人が訪れない場所であるのを左源太は理解した。

二十間ほど先に群れのようにかたまっているのは、今回の出入りの相手のやくざ一家だ。

左源太が世話になっている寅吉一家はまさに日の出の勢いで、縄張を獲得している。またも一つ、敵対する一家を叩き潰し、しまを追いだそうというのだ。

この夜明け直後を出入りの刻限に選んだのにはなにか意味があるのか、健造にきいてみたが、いえ、親分の気分じゃないですか、という返事だった。

健造のいう通り刻限にはなんの意味もないのだろうが、左源太はお了のところでようやく眠りについたところを叩き起こされたのだ。

眠いのは当たり前だった。ほんの一刻ほどしか寝ていない。

「旦那、今日もよろしく頼みますよ」

親分の寅吉がもみ手をしていう。

左源太はじろりとにらみつけた。

「どうしてそんな怖い顔、されるんで」

左源太はふっと表情をゆるめた。

「なんでもない。まあ、まかせておけ」

しゃんとして左源太は顔をあげ、相手側を眺めやった。

やくざ者は二十人ほど。その端のほうにいる浪人らしい若い侍が用心棒のようだ。

「やつは遣えるのか」

「さあ、あっしらにはわかりません。でも旦那の敵じゃあないですよ」

寅吉が頼もしげに見る。左源太は用心棒をじっと見た。

ここから見る限り、腕は悪くないように思える。

いや、かなり遣えるのではないか。そう思ったら、少し恐怖を覚えた。

震えがまた足に出はじめた。それがゆっくりと這《は》いのぼってきて、腰までやってきた。

いや、大丈夫だ。しっかりしろ。

自らにいいきかせる。

俺は勘兵衛と何度もやり合っているんだ。やつが勘兵衛ほど強いわけがない。

それに、この前、四人を叩きのめしたばかりではないか。そうだ、俺は昔の俺とはちがうんだ。

それでも震えはとまらない。

これはいわゆる武者震いというやつなんだな、と左源太は思うことにした。

いや、実際そうなのだろう。

戦国の昔、これは臆した証《あかし》とは見られていなかったときく。むしろ、戦いを目前にした武者にはつきものと見られていたという。

そうなのだ、決して臆していているわけではない。腰をわずかに落として左源太は刀の鯉口を切った。

もう戦いははじまろうとしている。やくざ者同士、お互いに距離をつめはじめていた。

殺気が大波のように盛りあがってゆくのを、左源太は敏感に感じ取った。

殺し合う気はないといっても、なにかの弾みで、ということは十分に考えられる。死ぬ覚悟がなければ、いくらなんでもこういう場には出てこられない。

やはりやくざ者にとっても、出入りは死と隣り合わせなのだ。

それは左源太にとっても同じだ。いかに峰をつかっての戦いとなるとしても、当たりどころが悪ければ確実に死ぬ。

俺だってやつを殺してしまうかもしれぬ。

俺が人殺しになるのか。それだけはなんとしても避けたい。

だが、そんなふうに考えつつ刀を振るうわけにはいかない。確実に刀尖が鈍る。そうなれば、殺られるのは俺のほうだ。

ここは、やつを殺す覚悟で臨まなければならぬ。そうしないと俺に次はない。

左源太は決意をかため、あらためて相手の用心棒を見た。

向こうもじっとこちらを見ている。やはりかなりやりそうだ。

やつも俺を殺す気で来るだろう。もしかしたら、この朝が俺の最後の朝になるのかもしれんな。

この若さだ、まだ生きていたい、と思ったが、やくざの用心棒として死んでゆくのも悪くない、と思った。似合いではないか。

冗談ではない。

頭のなかの誰かが叫び声をあげた。なにが似合いだ。こんなところで死んでいいのか。いや、死にたくない。死にたくはないが、屋敷に戻ったところでまた部屋住だ。もう二度とあんな惨めな思いをするのはごめんだ。

「旦那、旦那」

横から呼びかける声がした。健造だ。

「なに、ぶつぶつつぶやいてんです」

「えっ。いや、なんでもない」

お互いが喊声《かんせい》をあげ、次に罵声を浴びせ合った。

命が惜しけりゃとっとと帰りな。母ちゃんのおっぱいでももらってたほうが似合いだぜ。

まだ母ちゃんがいるだけましだぜ。てめえらなんぞ、一人残らずそのあたりの木の股《また》から生まれてきたんだろうが。

てめえら、全員ぶっ殺してその木の根元に埋めてやるからな、覚悟しやがれ。やれるもんならやってみろってんだ。

そんなくだらない応酬のあと、戦いははじまった。

左源太は、またも相手の用心棒を叩きのめした。今回もあっけないものだった。あまりに簡単に勝負がつきすぎて、左源太の腕に怖れをなした相手の一家は逃げ散ってゆく。あとは寅吉の子分たちが相手を追ってゆくだけだ。

いつも通り深追いすることはなく、子分たちは戻ってくる。

「いやあ、旦那、やりましたねえ」

満面の笑みで寅吉が頭を下げる。

「旦那がいらっしゃる限り、あっしらはもう負けやしませんぜ。このまま奪えるだけの縄張、奪っちまいましょう」

意気揚々と寅吉の家に戻り、左源太たちは祝杯をあげた。

まだ朝の五つ（午前八時ごろ）にもなっていない刻限だったが、酒は腹にしみわたるようにうまかった。

お了のところへ行きたかったが、お了も今頃は眠っているだろう。我慢することにした。

酒を数杯飲んだだけで、眠気が襲ってきた。気づかないうちに左源太は座敷で眠ってしまった。

目がさめたときには、ここが一瞬どこなのかわからなかった。掛け布団がかけられている。

ぼりぼりと鬢をかきながら立ちあがり、左源太は刀架にある両刀を腰に差した。

すっと襖をあける。

「お目覚めですかい」

隣の座敷に健造がいた。正座し直す。

「よく寝てらしたんで、起こさずにいたんですよ」

「おう、そいつはありがとうよ。健造、今、何刻だ」

「七つすぎってところでしょうか」

「もうそんなになるのか」

四刻（約八時間）近く眠っていたのだ。そんなに寝たことなど、ここ最近はなかった。

まるで十七、八の頃に戻ったようだ。あの頃はいつも眠くてならなかった。

「おなかはいかがです」

減っていた。

「支度してもらいますけど」

「いや、いい。外で食う」

「そうですかい。ああ、旦那、賭場はいつも通り五つからですから、おくれずに来ておくんなさいましよ」

廊下に出て、左源太は立ちどまった。

「俺がおくれたことがあったか」

ひっと健造が喉を鳴らす。

「いえ、そんな怖い顔しないでくださいよ。ただ、いっただけなんですから」

「つまらねえこと、口にするんじゃねえ」

すみませんでした。小さく謝るのを背中でききつつ左源太は廊下を歩き、沓脱ぎから庭におりた。

足早に道を進む。あっという間に汗がにじみ出てきた。昨日の寒さは、神さまの気まぐれだったとしか思えないあたたかさだ。

空を見ると、南に厚い黒い雲が見えた。それでも江戸に寄ってくる様子はないようで、海の上をゆっくりと東へ動いている感じだ。

このずっと続いているあたたかさに、江戸の者たちは天変地異の前触れでなければいいが、といい合っているとのことだ。

麻生本村町に着き、お了のいる飲み屋に入った。お里ばあさんの案内を請わずに二階へ行こうとする。

「あっ、ちょっと富岡さま」

お里が前に立ちはだかり、とめようとする。

「なんだ、どうした」

「まだお了ちゃん、来てないんですよ」

お里の目に、いつもとはちがうずるさが浮かんでいる。

「嘘だな」

左源太はお里の肩をつかみ、横にどかした。お里はよろけ、壁に手をついてかろうじて体を支えた。

左源太は階段をのぼった。からりとお了の部屋の襖をあける。

一つ布団にお了と男がいた。うん、という顔で男が左源太を見る。尾久之助だった。

「なんだ、佐太郎、今日はずいぶんとはやいじゃないか」

尾久之助は起きあがり、煙管《キセル》に火をつけた。その煙を左源太に吐きかけてきた。

煙を手で払い、一歩踏みだした左源太は尾久之助の頬を張った。

「佐太郎、なにすんだ」

「てめえ、人の女に手をだしやがって」

「人の女だと」

「ああ、そうだよ」

左源太は尾久之助の襟を取り、ぐいっと立ちあがらせた。

「おめえ、のされないうちにとっとと出ていきな」

なにかいいかけたが、尾久之助は左源太の手をはずすと、肩をそびやかすようにして部屋をあとにした。

「ちょっと待ってよ」

いったのはお了だ。きらきらと挑むような瞳を向けている。今から喧嘩をはじめそうな猫に似ている。

「あたしゃ、あんたの女じゃないわよ。勘ちがいしないで」

お了が激しくいう。

「あたしが誰に抱かれようとあんたの知ったこっちゃないでしょうが」

「お了、本気でいってるのか」

「当たり前でしょ。こんなことするなんて、もう二度と来ないでっ」

「捨てないでっていったじゃないか」

「なにいってるの。そんなのはあんたに限っていったことじゃないわよ」

激怒するお了を見て、左源太は急にむなしさを感じた。同時に、路上に放りだされた子供のような心許《こころもと》なさも覚えた。

ふらふらと重い病に冒された年寄りのような足取りで左源太は外に出た。

目の前に勘兵衛の面影が浮かんできた。そのやさしげな顔を見て、左源太は泣きだしたくなった。

四

血の高ぶりは消えなかった。

駄目だ、おまえじゃ。

梶之助は心のなかで毒づいた。布団に一緒にいる女の体のあたたかみがうとましく、両手でどんと突き放した。

「ちょっとお客さん、なにするんです」

女が悲しげな目をする。

「うるさい、ちょっと黙ってろ」

やはり俺はお保がいい。俺のような部屋住にあてがわれた下女にすぎなかったが、心根のやさしいいい女だった。

あんなやさしい女をあっさりとこの腕から取りあげてしまう。お保が死んだとき、梶之助は世の中の理不尽さを感じざるを得なかった。

もともと神などろくに信じてはいなかったが、あれでこの世に神などいないことをさとったのだ。

女はしくしく泣きはじめた。

「うるさい、黙れっ」

蹴りつけようとして梶之助は足をあげたが、ふとその顔にお保の面影を感じて、すっと足をおろした。

お保もよく泣く女だった。庭によく来ている小鳥が猫にやられて死んだとか、その猫が病気にやられて死んだとか、ろくに顔も知らない近所のご隠居が亡くなったとか、たまに飲ませた酒がおいしいとか、そんなことで涙を流したものだ。

冬の夜、強い風が吹きつけてきて戸ががたがた鳴るくらいでも身を震わせていた。田舎は上州《じょうしゅう》で、風が強い土地柄らしい。故郷を思いだすのが怖かったのか、それとも本当は故郷に帰りたくてならなかったのか。今となってはどうすることもできない。

梶之助が今回江戸を離れたのも、お保の故郷がどういうところなのか、この目で見てみたいというのもあった。

妙義山《みょうぎさん》という岩でできたような山の近くだった。里にはうっすらと雪が積もっており、いかにも寒さの厳しそうな土地だった。その里に立ち、お保はこういうところで生まれ育ったのか、とさすがに梶之助も感慨深く思ったものだ。

目の前の女はようやく泣きやんだ。この女を選んだのは、一目見てお保に似ているように見えたからだ。

だが、じっくりと見てみると、まったく似ていなかった。この女のどこがお保に似ているんだ。

頭に来た。だまされた気さえした。

梶之助は品川《しながわ》のこの女郎宿《じょろうやど》に、昼からずっといる。

昨夜やったことに悔いはなかった。むしろ爽快感《そうかいかん》がある。

ただ、さすがにこの女といるのにも飽きていた。代を払い、梶之助は宿をあとにした。

あと一刻ほどで夕闇がおりてくる刻限だ。

腹が減っている。酒はさっきの宿で存分に飲んだから、しばらくはいらない。とにかく腹を満たしたかった。

このあたりでうまい大福を食わせるところがあるか、頭のなかを探った。

わからない。大福くらい捜せば品川のどこにでもあるのだろうが、まずい大福は願い下げだ。

麻布まで戻り、よく行っていた店に向かった。店は飯倉新町にある。

久しぶりだから、店がまだあるかと案じたが、杞憂《きゆう》にすぎなかった。

そこは水茶屋ではなく、そこで大福をつくっている。店をはじめた当初は団子も売っていたらしいが、大福だけが売れるようになって一本にしぼったという話をきいている。

この大福のうまさから、この店から仕入れている水茶屋も少なくないときく。

提灯が下げられているが、まだ火は入れられていない。店の前に何人かの人がいて、順番を待っている。

ちっと舌打ちしたが、梶之助はおとなしく列の一番うしろについた。

ようやく自分の番がまわってきた。大福を五つ、頼む。

「これはどうもお久しぶりでございますね」

店主が笑顔で頭を下げる。

「うむ、ちょっと旅に出ていた」

お待ちどおさまでした。店主が紙包みを渡そうとする。

「おう、ちょっと待ちな」

二人の男が梶之助を押しのけるようにした。梶之助は、なんだきさまら、という目で見た。二人は明らかにやくざ者だ。一人の右腕から鯉《こい》の彫り物らしいのがのぞいている。

「おう、ちょっと急いでるもんでな、先にこいつをもらうぜ」

梶之助のために用意された大福を持っていこうとする。

「おい、それからあるじ、あと二十個包んでくんな」

「おい、待て」

梶之助はにらみつけた。

「なんだい、なにか文句でもあるのか」

やくざ者が腕を前にだし、入れ墨を見せつけるようにする。

もう一人がにやりと笑う。梶之助を目にしたとき、誰もが見せる見くだした笑いだ。

「なんだい、ご浪人さんよ、なんでそんな怖い顔してるんだい」

「そいつは俺のだ。返してもらおう」

「また包んでもらえばいいじゃねえか」

「とっとと返せ」

やくざがふふんと鼻を鳴らす。

「返さなきゃどうすんだ」

「こうするのさ」

鯉の彫り物がいきなりねじれ、ぼきん、と音がした。うぎゃあ。やくざ者が悲鳴をあげる。梶之助が腕を放すと、路上に転がるようにして倒れこんだ。いてえ、いてえよお、と泣き声をあげる。

「て、てめえ、やりやがったな」

もう一人が懐に手を入れる。匕首でも忍ばせているようだ。

その前に梶之助は踏みだし、胸を殴りつけた。男はうっと息がつまった顔をした。もう一度匕首を取りだそうとしたが、今度は梶之助の拳が顎をとらえていた。

男は吹っ飛び、路上に尻餅《しりもち》をついた。梶之助はその男に近づき、顔を蹴りあげた。

ただの一発で男は気絶した。

「甘く見るなよ」

ぺっと顔に唾を吐きかける。

この前みたいに泥酔しているときとはちがう。あのときは飲みすぎていた。足腰も立たないほどだったのだ。

今日も酒は残っているが、くらべものにならない。この前の仇討《あだうち》という気持ちがあり、もっとやりたかったが、この程度にしておいたほうがいい、と心のなかの誰かがささやきかけた。

とにかくこれ以上やって、人目を引くような真似はしないほうが賢明だ。

腕を折ったもう一人がいないのに気づいた。喧嘩に負けた子供みたいに、きっと家に逃げ帰ったのだろう。

道に落ちている紙包みを拾い、なかから大福を一つ取りだす。少し潰れてはいるが、味に変わりはなかろう。

なにごともなかったように梶之助は代を払い、むしゃむしゃと食った。うまい。ここのもやはり格別だ。

「あの、お侍」

店のあるじが声をかけてきた。

「あの、お得意さんだから申しあげるんじゃないんですが、はやく行かれたほうがいいですよ」

「どうしてだ」

「やつら、仕返しに来ますから」

ふん、と梶之助は笑った。

「また叩きのめしてやる」

「いえ、でも……」

あるじの目はおどおどしていた。梶之助にいつまでもここにいられたら、店をめちゃくちゃにされるのでは、と怖れている。

なんだ、そういうことかよ。

自分のことを思っての言葉ではないのが気に入らなかったが、このうまい大福を二度と食えなくなるのももったいない気がして、わかったよ、と梶之助は歩きだした。

大福をほおばりつつ、道を行く。どこへ行こうという当てもない。

どこでもよかった。懐には三十両近い金がある。これだけあれば、遊び暮らしても三月は大丈夫だろう。

五つの大福を食い終わり、道が武家屋敷ばかりのところに入った。

武家町の常で相変わらず静かなものだ。

あたりを見まわしつつ梶之助は道を進んだ。ふと、なつかしさの腕が心をがっちりとつかんでいることに気づく。

どうしてだ。

この心の揺れに梶之助は戸惑うものを覚えた。くだらない武家暮らしなど、きっぱりと見切りをつけたのではなかったのか。

くそっ、なんてこった。まだ未練が抜けきっていないのを思い知った。

追いすがる未練を振り払うように足早に武家地を抜ける。また町屋の連なりが目に戻ってきた。

ほっとする。町地に足を踏み入れると、先ほどまでの静寂が嘘のような喧噪《けんそう》が体を包みこんだ。

町人たちは元気がいい。声も大きいし、よく通る。

その喧噪とはちがう足音が、うしろからきこえた。どこかただならなさがある。

振り返ると、十名近い一団が土煙をもうもうとあげて駆けてくるところだった。

一人が見覚えのある男だった。大福屋の前で気絶させたやつだ。腕を折られたやつはさすがに来られなかったようだ。

本当に来やがったか。

梶之助はほくそえんだ。いい気晴らしになりそうだ。

「いたぞ、あいつだ」

その男が梶之助を指さす。

男たちが梶之助を取り囲むようにして立ちどまった。なにごとだ、とばかりにまわりの町人たちが、つかまるのを怖れる鶏のようにさっと散っていった。遠巻きに輪をつくって、こわごわと眺めている。

「おい、あんた、うちの者をかわいがってくれたそうだな」

一団のなかで最も体がでかく、目つきの鋭い男が顔を突きだしてきた。ぐいと首を曲げ、梶之助を見おろす。

「それがどうかしたか」

梶之助は顔をあげ、平然と返した。

「ちょっと来てもらうぜ」

がしっと肩をつかまれた。

「いやだといったら」

「いわせねえ」

梶之助はにやりと笑った。

「いやだ」

やくざ者の目が細められる。握り締めた拳を梶之助の腹に叩きこもうとしたが、梶之助の拳のほうがはるかにはやかった。

がしん、というかたい手応えが伝わると同時に、のけぞる男の顔がはっきりと目に映った。顎から血のしずくを引きながら、視野から消えてゆく。

野郎っ、やりやがったな。やっちまえ。袋叩きだ。

ほかの者がいっせいに吠《ほ》え、匕首を抜くや突っこんできた。

梶之助は刀を抜き、峰を返した。舞を舞うようにひらりひらりと刀を振るった。

風が二度ほど土埃をあげたのち、十人のやくざ者はすべて地面に倒れ伏していた。いずれもうめき声をあげて、立ちあがれない。まわりの町人たちも、梶之助のあまりの強さに呆然として声がない。

ざまあねえな。

地に這いつくばったままのやくざ者どもに声をぶつけると、梶之助は刀を鞘におさめ、さっさと歩きだした。

あまりに弱すぎて、たいした気晴らしにはならなかった。むしろ、鬱々《うつうつ》としたものが心のひだに張りついているような感がする。

なにかもっとほかのことで気散じをしたかった。

はじめて入ったが、雰囲気は悪くない。梶之助は堂内を見まわした。

大ろうそくがいくつも燃えてはいるものの夕闇ほどしかない薄暗さのなか、諸肌《もろはだ》脱ぎになった壺振《つぼふ》りの手先を、ずらりと並んだ男たちがぎらついた目で見つめている。その瞳はまるで匕首をのんでいるかのように鋭い。

旗本の部屋住仲間から話をきいたことがあって、一度行ってみたくて仕方がなかったのだ。

ただ、寺で行われているこの賭場に、どこか空虚なものが漂っているのは事実だ。仕切るやくざ者らに元気がないというのか、覇気《はき》がほとんどないように思えた。

きっと期待が大きすぎたんだろう。賭場などきっとどこでもこんなものだ。

梶之助にとって、とにかく退屈しのぎになればよかった。山崎一家殺しのことで、まさかまだ追っ手はかかるまい。

梶之助は、ここで一晩をすごすことを決めている。

お侍、おやりになりますかい。

子分が勧めてきた。壁にへばりつくようにしていた梶之助は、さっそく壺振りの正面に腰をおろした。

梶之助を見て、壺振りが値踏みするような目をした。

なんだ、とばかりに梶之助が見返すと、壺振りはふっと目をそらした。

丁半《ちょうはん》のこまがそろい、壺があげられた。丁だ。当たった。

一両が二両になって戻ってきた。

しかし当たったのはそれだけで、あとはことごとく裏目に出た。

負けを取り戻すために賭《か》ける金はどんどん大きくなり、梶之助は懐にあった三十両近い金がいつの間にか十両もないことに気づいた。

どうしてだ。どうしてこんなに当たらない。

梶之助は壺振りを見つめた。

この男がなにか細工をしているのではあるまいな。

壺振りの動きは舞にも通じるようななめらかさと鮮やかさがあり、果たしていかさまが行われているのか、梶之助には見定められなかった。

だが、いかさまだろうがもはや関係なかった。梶之助の腹には、どす黒い怒りが渦巻いている。

こいつら、なめた真似、しやがって。俺の金を巻きあげるなんざ。はなから目をつけていやがったな。

よし、今度またはずれたら。

梶之助は決意を心に秘め、丁に賭けた。

丁半、こまそろいました。壺振りが一瞬、あざけるような目を梶之助にぶつけてきた。野郎。梶之助は見返した。

ふっと壺がひらかれる。半だ。

あまりに思った通りの結果で、梶之助は怒りを通り越してあきれた。

「いかさまだっ」

梶之助は立ちあがり、声を荒らげた。

「ちょっとなにをおっしゃるんですかい、お侍。きき捨てならねえですね」

梶之助の向かいに位置していた年かさのやくざ者が落ち着いた声音《こわね》をだす。その目に怖れの色などどこにもない。この賭場の仕切りをまかされている者のようだ。

ほかのやくざ者は黙っている。男にすべてをまかせているといった顔だ。

なるほど、こんなのには慣れっこということかい。

梶之助の手元に刀はない。両刀は入口で取りあげられている。

客たちは驚いてはいるものの、これからどうなるのか、とわくわくするような思いでいるらしく、目を輝かせている。

梶之助はにやりと笑い、やくざ男を見据えた。

「きき捨てならねえ、か。それでどうする」

「さっきの言葉はきかなかったことにしますから、とっとと出ていってもらえますかい」

「出ていかなかったら」

男が梶之助を見くだす目をして、薄笑いを浮かべる。

「おわかりなんじゃないですかい」

「痛い目に遭わせるってことか」

男はすっと笑いをおさめた。ちらりと右手の壁のほうに眼差しを這わせる。

そこに用心棒がいるのは知っている。たいした腕ではない。

本堂の壁にもたれていた用心棒はふらりと立ちあがり、腕に抱いていた刀を腰にねじこんだ。

梶之助はすっと目を向けた。

腰の落ち具合はまあまあといったところか。すらりとした長身で、顔には無駄な肉がない。雰囲気だけは遣い手らしさを伝えている。

「とっとと出ていってもらえますか」

男がまたいう。

「今なら怪我することなく家に帰れますよ」

ふん、と鼻で梶之助は笑った。

「家などもともとない。どこに行くにしろ、金を返してもらわねばならぬ」

「いかさまなんてしちゃいませんよ。お侍が負けたのは運が悪かったんです」

「返すつもりはないのか」

男は答えない。ただ、当然という瞳をしている。用心棒は梶之助の一間（約一・八メートル）ほどにまで近づいてきている。

「ならば仕方がないな」

梶之助はつぶやき、一歩踏みだすや男の頰をぱしんと張った。男がよろめく。

「てめえ、なにしやがる」

男が頰を押さえて叫ぶ。

「野郎、たたんじまえ」

やくざ者たちが殺到する。客たちは取り決めでもあったように、壁際にあっという間に下がった。

六人ばかりが突進してきたが、梶之助は素手だけで息一つ切らさずに全員を気絶させた。あと五名いたが、足の上に重しでものせられたように動けずにいる。

賭場を仕切っている男も梶之助の強さにびっくりしていたが、すぐに正気に戻り、用心棒に軽く頭を下げた。

「赤石《あかいし》さん、頼みます」

赤石と呼ばれた浪人者が梶之助と相対した。刀をすらりと抜き、音をさせて峰を返した。

「丸腰相手に刀をつかうのか」

梶之助はあざ笑った。

「そのくらいせぬと、俺を倒せぬか。いや、刀をつかったところで無理だけどな」

なにを、という顔を浪人はした。近くで見ると、意外に若い。表情にはすさんだ色が深く刻まれてはいるが、肌自体はいいつやをしている。

浪人は振りかぶった刀を上から落としてきた。梶之助は体をわずかに揺らしただけでかわし、用心棒の懐に飛びこんだ。

用心棒はあわててうしろに飛びすさろうとしたが、梶之助はその前に腹に拳を突き入れていた。

うっ、とうなって用心棒が前かがみになる。すかさず梶之助は肘を突きあげて、用心棒の顔を打った。

用心棒の首ががくんとうしろに持ちあがる。がら空きになった喉頸《のどくび》に手刀を叩きこんだ。

声にならない悲鳴を発し、用心棒が刀を放り投げて首を押さえる。

梶之助はさらに腹に拳を叩きこみざま、足払いをかけた。用心棒は腰から床に落ち、ぐったりと横になりかけた。

その横顔を梶之助は思いきり蹴りつけた。用心棒は変な形に首を揺らして気絶した。

死んじまったか。

一瞬危ぶんだが、まさかこのぐらいでくたばりはしまい、と梶之助は考えた。

やくざ者たちは言葉もない。ただ、信じられないという顔で突っ立っているだけだ。

「金を返してもらおうか」

梶之助は、賭場を仕切っている男に歩み寄り、目を細めてにらみつけた。

「刀もだ」

「ええ、は、はい、お返しします」

顔面を蒼白《そうはく》にした男が頭をぺこぺこ下げる。

「はやくしろ」

「あの、旦那」

瞳に小ずるい笑みを浮かべ、もみ手をしている。

「今夜はこれからどちらへ。家などないとのことでしたが」

「まだ決めておらぬ」

「でしたら、今宵《こよい》はあっしの家へ来てくれませんか」

「どうしてだ」

「あの、ご相談があるんで」

梶之助は男をじっと見た。

「おまえ、この一家の親分か」

「はい、そうです。金之助《きんのすけ》と申します。一つお見知り置きのほどを」

「相談というのはこいつのあと釜《がま》か」

梶之助はまだ気を失ったままの用心棒に目を動かした。

「ええ、お察しの通りで」

「まず先に金を返せ」

「あ、はい、あの、ちょっとこちらにお願いします」

金之助は、他の客から隠れるところまで梶之助を連れていった。

「お返ししな」

ついてきた子分の手によって、二十二両が梶之助に戻された。

梶之助は巾着にしまい入れた。

「こんなにあっさり返すなんて、本当にいかさまをしていたんだな」

「滅相もない」

金之助が手を振る。

「あっしらは真っ当ですよ。いかさまなんてやっちゃいません」

「まあ、よかろう。金が返れば俺に文句はないんだ」

「あの、さっきのお話ですが、これからいらしてくださいますか」

「ああ、いいぞ。だが用心棒になる話だったら、この場で引き受けてやる」

「えっ、本当ですかい」

「本当だ。だから、あとは俺にねぐらを用意すればいい」

「お安い御用ですよ」

喜色をあらわにした金之助に連れていかれた家は、寺からほんの一町も離れていなかった。夜目《よめ》にもなかなかこぎれいなのがわかるしもた屋だ。

「おい、ここはどこだ。なんていう町だ」

梶之助は家に入る前、あたりを見まわしてきいた。

「あ、はい、鮫ヶ橋《さめがばし》北町です」

今までいた賭場がひらかれていた寺は、鮫ヶ橋南寺町にあった。梶之助は昼間のうちに遊び人ふうの男に声をかけ、どこかいい賭場がないかきいていたのだ。

奥の一室で酒がだされた。梶之助は飲まない。

「あの、毒なんて入っちゃいませんよ」

「仕事の話が先だ。条件をきかなくてはな」

梶之助は鋭く見つめた。金之助が体をかたくする。

「ざまあねえな。それでよく親分がつとまるものだ。――それで、いくらくれるんだ」

「あの、いくらならよろしいんで」

「相場の倍だな」

「ええっ」

「いやか。それならよそに行くまでだ」

「わかりました。お支払いいたしますよ」

「よし、これで話はおしまいだ。酒をもらおうか」

梶之助は手にした杯を突きだした。

五

山崎伝八郎は誰からもうらみを買っていない。これまでの調べで、それはどうやらはっきりしたようだ。

夫婦仲も円満だった。二人で連れ立って、よく墓参りをしていたという。殺される直前の非番の日も、山崎家の菩提寺に夫婦で墓参りしていたとのことだ。

伝八郎は婿入りするまでずっと部屋住だった。それまでも何度か縁談はあったものの、破談になったものもあったようで、山崎家との縁談はようやくまとまったものだったそうだ。それもあって、伝八郎は妻の貴江をとても大事にしていたようだ。

「それで勘兵衛、今日はこれからどこへ」

修馬が低く射しこんでくる日の光を気にしつつきく。

勘兵衛たちがいるのは江戸城の大玄関だ。そこを明るく照らしだしている太陽のまぶしさは、とても今が冬とは思えない。月代《さかやき》があぶられるような感さえあり、勘兵衛は頭がかなり熱くなっている。

そのせいでもないだろうが、考えがうまくまとまらないような気がする。

修馬がくすりと笑った。

「たいへんそうだな」

「なにが」

「頭がでかいから、ふつうの人より何倍も暑いのではないのか」

「そんなことはない。暑さは修馬と変わらぬはずだ」

「どうだかな。同じ水の量なら、でかい鍋《なべ》のほうがはやくわくぞ」

「うるさい、修馬、いつまでもくだらぬことをいっているんじゃない。どこへ行くかだったな。そうだな――」

勘兵衛は口にした。

「赤坂田町《たまち》四丁目だ」

着いたのは剣術道場だ。高石《たかいし》道場という名で、山崎伝八郎が十二の頃から十八年ものあいだ、ずっと通っていたのだ。

修馬が訪いを入れている最中、勘兵衛は入口横にだされている看板をじっとみていた。

部屋住だった頃の伝八郎はどんな思いで剣術に励んでいたのだろう。

絶望にさいなまれてはいなかったか。いつこの身分を脱せられるか、そればかりを考えてはいなかったか。

三十まで北向きの日当たりの悪い部屋にいて、鬱屈するものはなかったのか。

もし俺がそういう場に置かれたら、どうだったのだろう。俺は蔵之介の死によって部屋住から抜けることができたが、蔵之介が存命だったら、いまだにまちがいなく部屋住のままだ。そして、美音は誰か俺の手など届かぬ家の者に嫁いでいる。

いくら蔵之介が俺と美音の気持ちを知っていても、美音をいつまでも手元にとどめておくことはできない。

もし美音が手の届かぬ場所に行くのがわかったら、俺はどうしていただろうか。

美音をさらいに行っただろうか。

いや、そんなことはきっとしていなかっただろう。自分の欲望などより、まず家のことを考えていたはずだ。

家に迷惑をかけることはできない。

そんなことを思っていたら、左源太のことが不意に脳裏に浮かんだ。

あの馬鹿、いったいどこに行ったんだ。母御にあんな心配をかけやがって。

勘兵衛は苛立ちを覚えた。

山崎一家殺しを解決するまで非番はないだろう。ということは、左源太を捜しにも行けないということだ。

くそっ、どうすればいいんだ。

「おい勘兵衛、どうした」

修馬が心配そうにのぞきこんでいる。

「ずいぶん険しい顔をしているな」

「いや、なんでもない」

勘兵衛は表情をなにげないものに戻した。なにかいいかけたが、修馬は小さくうなずいた。

「そうか、ならいい」

若い門弟に案内されて、勘兵衛たちは来客用の座敷に落ち着いた。

やがて姿を見せたのは、道場主だった。静かに座敷に入ってきて一礼すると、勘兵衛たちの前に正座した。

白ひげが山羊《やぎ》のように垂れている人だが、背筋はぴしりと伸び、いかにも遣い手を感じさせた。

名を高石一光斎《たかいしいっこうさい》といい、伝八郎の修行時代をよく知っているはずだ。

むろん、山崎伝八郎一家が皆殺しにされたことも知っていた。

「ようやく縁づくことができたのに、今回のことは残念でなりませぬ」

苦渋に満ちた顔で一光斎はいった。声はしわがれ、どことなく元気がない。

「伝八郎どのの剣はどのようなものでした。誰かからねたみを買うほどの腕前でしたか」

「いえ、剣はまじめそのものでしたが、腕は残念ながらたいしたことがなかった。体格はありましたから、一見、相手を圧倒できるように見えることもありましたが、それだけで勝てるほど甘い道ではありませぬ」

一光斎は悲しみを表情にたたえた。

「素直でいい男でした。誰からも好かれていて。ずっと部屋住で焦りがなかったはずもなく、気がふさぐときもなかったわけがないのに一切そういう気持ちをあらわさず、誰にも明るく接していましたよ。そんないい男を失って、本当に無念でなりませぬ」

きらりとした光が瞳に宿る。その目で師範は勘兵衛たちを鋭く見つめた。

「必ず下手人をつかまえてください。そして首を刎《は》ねてください」

よろしくお願いします、というように深くこうべを垂れた。

一光斎が顔をあげた。ちらりと勘兵衛を見る。勘兵衛の腕は部屋に入ってきたときからわかっていたらしいが、今あらためて確かめたようだ。なるほど、師範と呼ばれるに恥ずかしくないだけの腕は誇っている。

「なあ修馬、部屋住絡みのいざこざというのは考えられぬか」

高石道場を出て勘兵衛はいった。

「だが、伝八郎どのが婿入りしたのはもう七年前だぜ。その間なにもなかったのに、急に、というのはいかにも考えにくいぞ」

それでも一応、誰が伝八郎と山崎家との仲介をしたのか、調べてみた。

小松雅右衛門《こまつまさえもん》という旗本の隠居であるのがわかった。

市ケ谷《いちがや》の長延寺《ちょうえんじ》谷町にある小松屋敷を訪ねたが、雅右衛門は四年前に死亡していた。

「なにしろとても世話好きでしたから、仲立ちをしたのは、相当の数になると思いますよ」

どこか父に対するなつかしさを感じさせる口調で、今の小松家の当主は話した。

六

今にも雨が降りそうなどんよりとした空だ。とうにのぼっているはずの太陽の姿などどこにも見えず、雲の厚さと広がりからしておそらく今日一日、きっと顔をのぞかせることはないだろう。

昨日は暑いくらいだったのに、今日はそんなに冷えてはいないものの、大気はずっしりと重く、やや湿気を帯びている。気温もまずあがることはあるまい。

久岡屋敷を出てしばらく勘兵衛が歩いたとき、どこか煙ったように見える大気を突き破るような勢いで、こちらにすっ飛んでくる者がいた。

麟蔵づきの小者のようだ。

勘兵衛は近づくのを待って、声をかけた。

「ああ、これは久岡さま」

砂埃をあげて小者が立ちどまる。

「遠目で見て、久岡さまでないかとは思っておりましたが」

気づいたように口をつぐむ。

勘兵衛は苦笑し、頭に手をやった。

「これがいい目印になったか」

「いえ、そのようなことは……」

「――どうした。なにかあったのか」

「あっ、はい。手前、お頭のつかいでまいりました。久岡さま、とんでもないことがまたも起こりました」

さすがに顔をしかめずにはいられなかった。

勘兵衛は今、当主夫婦が布団のなかで刺殺されているのを目の当たりにしている。

医師の仙庵の検視がはじまっていた。

やり口は山崎家と同じだ。死因は刺し傷、そして一家が殺害されたのは真夜中。

勘兵衛だけでなく、知らせをきいてほかにも多くの徒目付たちが駆けつけてきている。

麟蔵の姿は見えない。来ていないはずがなく、屋敷内のどこかよそにいるのだろうと思えた。

「おう、勘兵衛」

修馬が寄ってきた。

「ひどいな。山崎屋敷と同じ者の仕業だな」

「まちがいなく」

今度やられたのは石橋《いしばし》家。こちらは納戸衆、八百五十石だ。

当主は石橋忠兵衛《ちゅうべえ》。妻は多和《たわ》。

納戸衆か、と勘兵衛は思った。岡富家と同じではないか。

まさか左源太が関係しているなんていうことはなかろうな。

「どうした、勘兵衛」

修馬がきいてきた。

「この前と同じ顔をしているな」

「この前だと」

「ああ、高石道場に行ったときだ」

勘兵衛は場ちがいであるのを意識しつつも、正直に話した。

「ああ、岡富どのか」

修馬が襖の向こうを指さす。

「向こうは見たか」

そちらの部屋では、二人の男の子が殺されていた。こちらは山崎家よりも幼く、まだ七つと五つくらいに見えた。

二人とも布団に包まれ、まるでぐっすりと寝ているように見える。

勘兵衛には信じられなかった。どうしてここまでできるのか。

同じように隠居夫婦も殺されていた。こちらは庭に建つ離れで、一室が茶室になっている。あと一部屋しかないこぢんまりとした建物だが、そちらの部屋のなかで二人の年寄りは息絶えていた。

「離れの二人が殺されたということは、下手人はわざわざ殺しに向かったということだな」

勘兵衛がいうと、そういうことだ、と修馬が同意する。

「下手人は石橋一家に対し、よほど深いうらみがあったということだな」

「誰が惨劇を見つけた」

勘兵衛はたずねた。

「山崎屋敷と一緒だ。奉公人だ」

「また一人も殺されておらぬのか」

「いや、一人殺られたそうだ。宿直《とのい》の家臣らしい」

「金は」

「二十両ほどが取られているのでは、と用人がいっている。当主夫婦が寝ていた隣の間の簞笥《たんす》にしまわれていたものらしい」

「宿直の家臣だが、遣い手だったのかな」

「どうかな。今、お頭が奉公人たちに話をきいている。行ってみるか」

勘兵衛は修馬に連れられるようにして麟蔵のそばに近づいた。

厳しい顔で麟蔵は奉公人たちに問いを矢継ぎばやに発していた。

ほとんどが当主に関することだ。誰かうらみを持っている者がいないか。最近、当主がおかしな雰囲気を感じていなかったか。どこか妙な様子はうかがえなかったか。

八名ほどの家臣や中間に同じ質問をぶつけては、顔をじろりとねめつけている。

不意に麟蔵が首をまわした。勘兵衛はまともに目が合った。

その目のきつさと冷たさに、勘兵衛は背筋を汗が伝ってゆくのを覚えた。これは昔、麟蔵になんともいえない得体の知れなさを感じていたときに何度も経験している。ときが一瞬、数年戻ったような気すらした。

「おい勘兵衛、修馬」

麟蔵が厳命してきた。

「山崎家と石橋家、相通ずるものがないか、徹底して探索しろ」

口調をゆるめずに続ける。

「この者たちから、当主の忠兵衛どのは養子であるのが知れた。そのあたりから調べるのがいいかもしれぬ。ただし実家のほうはわしが当たる。おまえらは別を当たれ」

麟蔵は言葉を切り、最後にいった。

「宿直の者、剣の腕前はかなりのものだったそうだ」

勘兵衛と修馬は惨劇の場をあとにした。

外に出て、涼しい風を浴びたときはさすがに心中の重苦しさが吹き払われた気分になった。

それでも、勘兵衛の怒りはおさまらない。こんなことをした下手人を必ずあげなくては。

それも一刻もはやくだ。

でなければ、またも繰り返されないとは限らない。麟蔵の厳しい顔も、これを怖れてのことだろう。

それにもし三軒目などということになったら、徒目付衆の面目は丸潰れだ。麟蔵もお役御免になるかもしれない。

勘兵衛と修馬は石橋家の縁戚、血縁の者たちにきいてまわることにした。

一軒目に訪ねた一族の重鎮といわれる者の屋敷で、九年前、当主の忠兵衛が石橋家に養子に入るに当たり、仲立ちをした者の名が知れた。

「まことですか」

勘兵衛が念押しをすると、歳がだいぶいっているのにまだ隠居しようとしないその男は、表情に不快げな色をにじませた。

「まことに決まっておろう」

勘兵衛たちは、昨日訪れたばかりの屋敷へもう一度赴くことになった。

「しかし偶然かな、勘兵衛」

道々修馬がいった。

「うむ、昨日の当主の話だと、隠居はかなりの数をまとめていたということだったから、十分に考えられるな。だが修馬、俺はきっと関係していると思っている」

忠兵衛の婿入りの仲介をしたのが、山崎伝八郎のときと同じ隠居であるのが知れたのだ。

勘兵衛たちは小松屋敷へ行ったものの、当主は今日は非番ではなく、出仕していた。

江戸城に足を運んだ勘兵衛たちは城内で、小松家の当主である一右衛門《いちえもん》に会った。

一右衛門は作事方《さくじかた》下奉行という職にある。これは作事奉行の下で、幕府が行う建築に実際にたずさわる者たちだ。

「まことですか」

一右衛門は、忠兵衛一家が惨殺されたときいて、尻を浮かせるほど驚いた。

「誰がやったのです」

驚きから立ち直って、一右衛門が興味津々《きょうみしんしん》という顔でたずねる。

「それはわかりませぬ」

勘兵衛は冷たい口調でいい、一右衛門をにらみつけるようにした。

「それを調べるために来ました。——亡くなったご隠居と石橋家とは、仲がよかったのですか」

一右衛門はわずかに顔をこわばらせた。

「どうだったのでしょう。それがしは申しわけないが、忠兵衛どのの名を存じあげているくらいのもので、どのような経緯で父上が仲立ちをしたのか、そのあたりの事情は存じておりませぬ」

これ以上、きくこともなかった。勘兵衛たちは礼をいってその場を辞した。

「さて、どうする、勘兵衛」

「同僚のところがいいだろうな」

同じ江戸城内にある納戸衆の詰所に行った。

まだ忠兵衛の死は知らされていないようで、納戸衆は平静さを保っている。

勘兵衛は、左源太の兄である左京亮の姿を見つけた。左京亮も気がつき、やや渋い顔をした。きっと左源太のことをきかれると思ったにちがいない。

勘兵衛と修馬は別室でまず納戸組頭に会い、忠兵衛たちのことを伝えた。

組頭の山田尚左衛門《やまだしようざえもん》は驚愕《きようがく》した。

「まことか」

声が裏返る。

「まだ出てきておらぬというので、風邪《かぜ》でもひいたのか、と思っていたのだが、まさかそんなことになっていようとは……」

ふつうなら、同僚のなかで忠兵衛と仲が悪かった者、いさかいをしたことのある者など、殺意を抱いても不思議でもない者がいるかどうかきくところだが、今たずねるべきことは別のことだった。

むろん、山崎家と石橋家を皆殺しにした者が別の者ということも考えられる。あるいは、山崎家の惨劇を知り、別の者が模倣して石橋家を惨殺したということも考えられた。

だが、麟蔵には山崎家と石橋家に共通するものを徹底して調べるようにかたく命じられた。今は、麟蔵の狙いに沿って動くべきときだ、と勘兵衛は思っているし、修馬も同じ考えにちがいない。

「山田どのは、山崎伝八郎どのをご存じですか」

「ええ、名だけは。こちらも一家全員が殺されたとききましたが」

「忠兵衛どのと伝八郎どのは親しかったか、ご存じですか」

「いえ、それがし、そのようなことはきいたことがありませぬが」

「わかりました」

修馬が、石橋忠兵衛と親しかった者の名をきいたところで組頭への質問を切りあげた。

納戸衆の詰所に戻り、高木信三郎《たかぎしんざぶろう》という者を呼んだ。

組頭の部屋に連れてゆき、山田尚左衛門は外に出てもらった。

この男にも、まず石橋家の惨劇について伝えた。

驚きはこれまでの誰よりも大きかった。目をみはり、唇をわななかせる。どこか赤子が泣きだす前の顔に似ており、今にも畳に倒れ伏して、大声をあげそうだ。

唇を噛み締めることでかろうじて気持ちを抑え、信三郎は勘兵衛たちを見つめた。

「誰が殺ったのです」

「その探索を今しています」

修馬がいい、山崎伝八郎を知っているかきいた上で、石橋家と山崎家に相通ずるものがないか、問うた。

「いえ、それがしは存じませぬ。石橋どのの口から山崎どののことが出たのは、この前の惨劇のときだけです」

「わかりました」

修馬がうなずく。

「ここ最近ですが、石橋どのになにか変わった様子はありませんでしたか」

「いえ、別になにも。それがしは気がつきませんでしたが」

勘兵衛は心中で首を縦に動かした。襲われる気配や前触れなどなにも感じていなかったからこそ、一家はあんなに簡単に殺られてしまったのだろう。

「ああ、変わったこととといえぬかもしれませぬが、石橋どのには不幸がありましたね」

信三郎が思いだしたように口にした。

「不幸ですか。どういうことです」

「ええ、従兄《いとこ》が死んだのです。いえ、斬り殺されたのです」

「斬り殺された。いつのことです」

「つい最近です」

勘兵衛はぴんときた。

「殺されたのはどなたです」

信三郎の口からは、勘兵衛の思った通りの名が告げられた。

「まことですか」

修馬が問い返す。

「ええ、本当です」

信三郎は、長年のいざこざから上田半左衛門に一刀のもとに斬り殺された書院番の武藤源太郎と石橋忠兵衛が従兄弟同士だというのだ。

修馬が勘兵衛を見る。なにか関係あるのかな、と語りかける目だ。

勘兵衛は、まちがいなくそうだろう、とこれも目で返した。

「忠兵衛どのと源太郎どのですが、二人は親しかったのですか」

「いえ、そうでもないものと。最近はまったくつき合いがなかったと石橋どのはいってましたから。むろん、武藤どのの葬儀には出たようですが」

高木信三郎はここで解き放った。勘兵衛と修馬は、廊下にいた組頭の山田尚左衛門に礼をいって、その場を離れた。

「勘兵衛、さっきの話、どう思う」

「ここでそういう事実が出てくるとは思わなかったな」

「今回の二軒の惨劇に、武藤源太郎の死が関係しているのか」

「どうかな。関係しているとしたら、上田半左衛門のほうではないのか」

「そうか。斬首になった上田半左衛門の仇討、ということか。――いや、だがそれも無理があるな」

「うむ、そうだな。人を殺して斬罪になったわけだから、仇討もなにもあったものではない。これに関しては二人が死んだことですべて終わったはずだ。あるいは二人の死がはじまりなのかもしれぬが、とにかくもっと調べを進めぬと駄目だな」


城内の勘定衆の詰所に行き、伝八郎の同僚たちに話をきいた。

同僚たちは、山崎伝八郎が武藤源太郎、上田半左衛門と知り合いだったり、血縁関係だったということは誰一人として知らなかった。

伝八郎の実家である田島家にも足を運び、その点をきいた。

養子に出た伝八郎が武藤源太郎、上田半左衛門と知り合いだったかどうか田島家の者は知らなかったが、少なくともこの二人と血縁でなかったことは知れた。

「おい、勘兵衛」

田島家の門を出てしばらくしたところで、修馬がいった。

「伝八郎どのの実家の田島家の者はこうして無事なんだよな。ということは、伝八郎どのが殺されたのは婿入り後のことが理由で、ということになるよな」

「田島家が襲われるかもしれぬ危惧《きぐ》はまだ払いのけられぬが、先に石橋家がやられたことで、襲われる危険は減った、と考えていいのかもしれぬ」

勘兵衛は足をとめて、これからどうすべきかしばらく考えた。あたりが明るくなったと思ったら、厚い雲が割れ、そこにちょうど位置していた太陽が地上を見おろしているところだった。

勘兵衛が考えに沈んでいるうちに雲が動き、太陽は隠れてしまった。あたりにはまた薄暗さが戻ってきた。

冷たさを感じさせる風が吹き、修馬が首を縮めるようにしてあたりを見まわしている。

「なあ、勘兵衛」

勘兵衛は顔をあげた。

「俺たちは馬が合うよな」

「なんだ、いきなり」

「ちがうか」

「合うと思うな。知り合ってまだそんなにたってはおらぬが、いさかいらしいいさかいはないし。たまに口喧嘩はするが、その後はなんのわだかまりもなく仕事ができていると思う」

「そうだよな。もし馬が合わなかったら、ずっと喧嘩ばかりしているかな」

「どうかな。いや、そんなことはなかろう。仲よくというわけにはいかぬかもしれぬが、相棒である以上、どこかで折り合いをつけて仕事をするだろう」

「そうだよな。ふつうに考えればそうだ。でも、九年もの長きにわたっていがみ合っていた二人――上田半左衛門どのと武藤源太郎どの――結局この二人は最悪の最期を迎えたわけだ。このいがみ合いのきっかけはいったいなんだったのかな」

「馬が合わなかったんじゃないのか」

「仕事である以上、折り合いをつけようとするといったのは勘兵衛だぜ。いったいなにがきっかけで、九年ものいがみ合いがはじまることになったのか」

なるほど、と勘兵衛は思った。

「それを調べてみたいというのか」

「そういうことだ」

修馬が深くうなずく。

「『二人の死がはじまりなのかもしれぬ』、そういった勘兵衛の言葉がどうにも耳を離れぬ」

二人の仲がどうして悪くなったのか。

書院番の同僚にまず会った。

さすがに九年も前のことで、覚えている者は一人としていなかった。

「大竹《おおたけ》どのがご存じかもしれませぬ」

書院番の一人が思いだしていった。

「その大竹という御仁がどうして」

修馬がすかさずたずねる。

「いえ、それというのも二人のいさかいをいつもとめようとされていましたから。温厚なお方で、それはもう必死でした」

「今日は来ていますか」

「いえ、来ておりませぬ。というより、大竹どのは、二年前に家督をせがれどのに譲られ、今は隠居の身ですから。もし大竹どのがいらしたなら、あのような悲劇は起きなかったのでは、と思えてならぬのです」

跡を継いだせがれに会って屋敷の場所をきき、勘兵衛と修馬は足を急がせた。

朝はやくから動きまわっていたが、もう七つ近くになっている。雲のあいだからわずかに顔をのぞかせている太陽は大きく傾き、江戸の町は薄暗くなりつつある。

江戸城で働いている者たちの下城の刻限が迫っていた。

しかし、勘兵衛たちの仕事は終わる気配がない。

それでも勘兵衛はきつさなど感じていない。書院番時代にはなかったやり甲斐を感じている。修馬もそうであるのは、生き生きとしている横顔を見ればわかる。

大竹家は、修馬の山内屋敷に近かった。山内屋敷のある表二番町通《どおり》ではなく、裏二番町通だ。すぐ西を麹町《こうじまち》四丁目横町《よこちょう》通が走っている。

大竹家の隠居である研兵衛《けんべえ》は、趣味の盆栽に水をやっていた。

勘兵衛たちが座敷に座ると、来客がうれしいような顔で濡縁からあがってきた。いかにも好々爺然《こうこうや》としており、武藤源太郎と上田半左衛門の仲を取り持とうとしていたというのが勘兵衛には納得できた。

「すみませんな、お待たせして」

ていねいに頭を下げて研兵衛が正座する。

「いえ、とんでもない」

勘兵衛たちも礼を返した。

「それで、徒目付どののお話というのは」

修馬が説明する。

「ええ、確かにそれがしは二人の仲をなんとかしようとしていました」

むずかしい顔をして研兵衛が腕を組む。

「ふむ、二人のいさかいのきっかけですか」

しばらく下を向いたり、天井を見つめたりしていた。

やがて眼差しが勘兵衛の頭でとまった。じっと見られて、勘兵衛はこそばゆいような感じを覚えた。

「思いだしました」

きっぱりとした口調で告げた。

「話していただけますか」

修馬がうながす。

「あれは縁談のこじれですね」

「どういうことです」

「九年前、石橋家には上田半左衛門どのの弟御が入ることになっていたのです」

しかし、それが武藤源太郎の横槍《よこやり》で潰れたとのことだ。

「それで、源太郎どのの従弟である忠兵衛どのが入ることに決まったのですか」

「そういうことです」

そうか、上田半左衛門どのには弟がいたのか、と勘兵衛は思った。

しかし上田家の一家が自害してのけた半左衛門の墓の前に、弟の死骸はなかった。

ということは、どこかで生きているということだろう。

この弟が、今度の惨劇に関係しているのだろうか。

「その半左衛門どのの弟の名は」

「梶之助どのといいます」

その弟が今どうしているのか、研兵衛は知らなかった。

修馬が梶之助の人相をきいた。

「それがしもあまり会ったことはないので、それほど詳しいことは申せませぬが」

研兵衛がそう前置きしてから語る。

なにしろ短軀《たんく》で、五尺（約一五二センチ）もない背丈が最も人目を引く。肩幅はかなりあり、体自体はがっちりとしている。目は鋭く、やや厚い唇は常に引き締められている。

あらためて礼をいって、勘兵衛と修馬は大竹屋敷を辞した。

「この弟かな、石橋家を皆殺しにしたのは」

修馬がきいてくる。

「どうかな。それだけのことをしでかす理由がわからぬ」

「縁談を断られた腹いせでは」

「いや、その程度のことで皆殺しにするか。しかも九年前のことだ」

「だが兄の死などがあって、正気を失っているとしたらどうだ。復讐《ふくしゅう》の鬼となったために一人、死ななかった」

「ふむ、考えられぬでもないか。――すると、この梶之助という上田半左衛門どのの弟には石橋家だけでなく、山崎家とも縁談があった。そして、そちらも破談になったということになるのか」

あらためて山崎家の縁戚のもとに行き、殺された伝八郎の前に、山崎家の息女である貴江とのあいだで縁談がなかったか、きいてみた。

「ありましたな」

「貴江どのの相手が誰だったか、覚えていますか」

その男は腕を組み、首をひねった。

「誰でしたかね。いや、うちのやつなら覚えているかもしれませぬ。そういう話がとても好きなものですから」

男は妻を呼んだ。

妻は覚えており、あっさりとその名を口にした。

「まちがいないですね」

「はい、まちがいございませぬ」

妻は自信たっぷりにいいきった。

「よくやった」

詰所に戻っていた麟蔵がいった。

「その上田梶之助が下手人という筋は、かなり濃いとわしは思う」

七年前、上田梶之助は山崎家とのあいだに縁談がまとまりつつあったらしいが、貴江の一言で潰れたらしい。

「わたくし、あのようなお方の妻になりたくありませぬ」

昔はお互い会うことのないまま婚姻が決まることが多かったらしいが、今はそのようなことはない。一緒になる前に一度は顔を合わせるのが当たり前になっている。

これか、と勘兵衛は思ったが、こんなことで一家皆殺しにするものなのか、という疑問はやはり残った。

だが、部屋住の苦悩は深い。

十分にあり得るな。修馬と勘兵衛は二人で協議した結果、そういう結論に達し、麟蔵に報告したのだ。

七

蟻がいる。

なにもすることがなく昼寝をしていると、目の前の畳を一匹の小さな蟻が横切っていったのだ。

梶之助は上体を起こし、蟻をつまみあげた。六本の足を動かし、牙《きば》のような口を閉じたりひらいたりしている。

力をこめれば潰すのは簡単だ。蟻の生死の権はこの俺が握っている。

そう、こいつは俺よりもずっとずっと小さいのだ。

足音がきこえた。庭に面した廊下を誰かが渡ってくる。

梶之助は蟻を指で弾き飛ばした。蟻は壁際まで飛んでゆき、畳の上に落ちた。なにが起きたのか呆然としている様子だったが、なにごともなかったかのように歩きだした。

強いな、と梶之助は思った。もし人があれだけ飛ばされたら、無事ではとてもいられない。いくら俺が小さいといっても無理だ。

あんな強さが梶之助はほしかった。

「旦那」

敷居際から呼びかけてきたのは、親分の金之助だ。

「あけてよろしいですか」

おう、と応じると、障子がひらいた。明るさが不意に飛びこんできて、梶之助は顔をしかめた。

「あっ、なにか粗相でもしましたか」

金之助があわててきく。この男は梶之助の機嫌を損ねないようにするのに、知り合ってまだ間もないのに常に必死だ。

「なんでもない。どうした」

金之助が梶之助の前に正座する。

「一つお耳に入れておきたいと思いまして」

梶之助は黙って待った。

「よろしいですか。あの、実はじき出入りがあるんですよ」

「出入りか。そりゃ楽しみだな」

梶之助は素直な思いを口にした。

「そういってくださると、あっしもほんとに頼もしく思えるんですが」

「相手は」

「最近のしてきている一家です。寅吉一家というんで」

「なるほどな」

金之助が、えっという顔をする。

「なにがなるほど、なんですかい」

「おまえ、その一家に縄張を取られるのにおびえてるんだな」

金之助がびくりとして、背を伸ばす。

「滅相もない。おびえてなんか、いやしませんよ」

「無理するな。賭場にはじめて行ったとき、なんだこの覇気のなさはと思ったものだが、ようやく合点がいったよ」

金之助はうなだれるようにした。

「おっしゃる通りです。実は、もうじきこの賭場ともおわかれかもしれんな、と思っていたんですよ」

「親分がそんな弱気でいるなら、子分にもうつるわな」

「でも、もう大丈夫ですよ」

金之助がしゃきっとする。

「なにしろ今は、旦那がいらっしゃいますからねえ」

梶之助は金之助を見つめた。

「相手の一家は強いのか」

「いえ、子分どもはたいしたことがないんですよ。うちのとどっこいどっこいだと思うんですがね、ただ、えらく強い用心棒がいるんですよ」

「ほう、強い用心棒か。そいつの名はわかっているのか」

金之助が教える。

「富岡佐太郎か。そんなやつ、知らぬな」

梶之助はうそぶいた。

「自信満々ですね」

梶之助はぎろりとにらみつけた。ひっ、と金之助がのけぞる。

「俺がそんなやつにおくれを取るとでも思っているのか」

「いえ、旦那が負けるはずがございません」

「そうだ。その佐太郎とかいう野郎の名が売れたのは、本当に強い者とやっていないからにすぎぬ。そいつ、浪人か」

「浪人は浪人らしいんですが、いかにも育ちはいいように見えるらしいんですよ。もしかしたら旗本の部屋住ということも」

「そうか」

びくりとして金之助が体を引く。

「どうした」

「いえ、今、旦那の目がえらい光を帯びたものですから」

梶之助は体から力を抜いた。

小さく出た鼻水をぬぐって金之助が姿勢をもとに戻す。

「旦那も育ちがよさそうに見えますよね。もとはやはり——あっ、いえ、あの、こんなこときいてもよろしいですか」

「俺ももとは旗本だ。もう家は潰れたから、浪人だ。実際、俺は行き場がなかったんだよ。だから、おまえに拾ってもらって感謝している。今度の出入りは期待してもらっていいぜ。その佐太郎とかいう用心棒、殺してやる」

「いえ、あの旦那、殺さずともいいです。のしてくれさえすれば」

「わかったよ。よし、二度と刀を持てぬ体にしてやる」

「はあ、そのくらいでしたらよろしいかと。とにかく、よろしくお願いいたします」

金之助が畳に両手をそろえる。

「あの旦那、おなかはお空きじゃありませんか」

減っていた。

「なにを食わせてくれる」

「ご希望がありましたら、うかがいますが。魚がお好きでしたら魚でもかまいません」

大福が食いたかった。

「いや、いい。ちょっと出てくる」

「あの、どちらへ」

梶之助はにらみつけた。金之助は黙りこんだ。

梶之助は立ちあがり、金之助の横を通り抜けた。いってらっしゃいませ。金之助がもごもごいうのがきこえた。

しばらく歩いて、近くの寺の境内に水茶屋があるのを見つけた。

じき夕闇が迫る境内はなかなか風情があった。訪れる者も少ない寺だが、いくつか見える人影がまるで幻のようにはかなげに見えている。山門を通して眺められる、団子、大福と染められた幟《のぼり》が風に吹かれ、梶之助を誘っているように思えた。

うまいのかな。どうせ食うならうまい大福にしなければ。

梶之助は迷ったが、もはや空腹に耐えられなかった。山門を入った。石畳を歩いて、水茶屋に近づく。

意外だったが、店にはけっこうな客が入っていて、そのほとんどが大福を食べているのがわかった。

これならよかろう。

梶之助は判断し、縁台に腰をおろした。前掛けをした娘が寄ってくる。梶之助はぼそりと注文した。

ただいま、と娘が去ってゆく。その言葉通り、すぐに大福と茶がやってきた。

梶之助はさっそくほおばった。

うまい。餡が特にいい。よく練られている感じがして、口に含むとほんのりと溶けてゆく。これだけの餡にはなかなかお目にかからない。これは当たりだった。

なかなかいい店ではないか。梶之助はなかを見まわした。

よその水茶屋と変わりはなく、つまりはつくり手の腕がいいということなのだろう。

梶之助は大福のおかわりをもらった。

続けざまに大福を口に入れる。幸せな感じが全身を包みこむ。

どうしてこんなに大福が好きなのか、自分でもよくわからない。

いや、わかっている。母が昔、与えてくれたのだ。梶之助は次男ということで父には大事にされなかったが、母はかわいがってくれた。

母は、どこかでもらってきた大福をこっそりとくれたのだ。そのときのうまさ。こんなにおいしいものがあるのか、と梶之助は驚いたものだった。

最後の大福を手にし、そっと唇に触れさせる。餅の食感を味わうように半分を嚙み切った。餅もうまい。最後の半分を、引出しに大事にしまうように口に入れる。

じっくりと咀嚼《そしゃく》する。湯飲みを取りあげようとして、手がとまった。

石畳に若侍が四名ばかりいた。梶之助を見て、笑っている。

どうやら、短軀の浪人が大福を食らっている姿がおかしかったようだ。

身なりのよさからして、それなりの旗本の子弟らしい。

道場からの帰りなのか、稽古着の入っているらしい包みを竹刀に通して担いでいる。

若侍たちはふざけ合うようにしながら、境内を奥に向かってゆく。きっとこの先に外に出られるところがあり、そこが家屋敷までの近道になっているのだろう。

代を支払った梶之助は四人のあとを追った。笑われたままにするつもりはなかった。

人を笑ったらどうなるか、ここはとことん教えといてやらぬと。

山門より少し小さな門を抜けてゆく四人の姿が見えた。

梶之助も通り抜け、四人に近づいた。

近くに人通りはない。両側は寺ばかりで、鬱蒼《うっそう》とした木々が日をさえぎり、先ほどの境内よりさらに薄暗い。冷たい風がときおり吹き渡り、首筋の汗を冷やしてゆく。

「おい、おまえら、ちょっと待て」

四人が驚いたように振り向く。

「おまえら、さっき笑ってたよな。あれはどうしてだ」

「笑ってなどいやしない」

四人のなかで最も大きな者が梶之助を見おろす。

梶之助を最初に見た者に共通する目の色をしている。嘲りの色だ。

その姿に、ほかの三人がくすくす笑う。

なめきってやがんな。梶之助の胸にどす黒い怒りが渦巻いた。

「おい、なにがおかしい」

三名に目をやる。若侍たちは押し黙った。

「おい、さっきなにを笑った。正直にいえば許してやる」

若侍はまだ梶之助を見おろしている。

「なにも笑ってなどいやしませぬ」

言葉づかいは丁重なものに変わったが、梶之助の怒りはおさまらない。若侍の目にはまだ侮りが見えている。

「おまえら、俺が大福を食らっているのを見て笑ったよな。そんなにおかしかったか」

「だから笑ってなどいやしませぬ」

若侍が苛立ったようにいう。

「笑ったんだよ。それにいつまでも見くだす目をしやがって、おまえは」

どんと胸を突き放す。それだけで若侍はどすんと尻餅をついた。

呆然と見あげた目にはおびえが浮かんでいる。ようやく、笑う相手をまちがえたことに気づいた瞳だ。

「なにをするんだ、こいつ」

三人のなかで最も血の気がありそうな男が稽古着の荷物をおろし、竹刀を手にする。

ほかの二人もそれにならう。

尻餅をついた若侍が三名を制しようと立ちあがりかけた。

その顎に梶之助は肘を入れた。がつ、と音がして若侍が地面に倒れこんだ。

あっ。やったな。三名が殺到してきた。

馬鹿めっ。梶之助は怒声を浴びせた。

振りおろされた竹刀をよけ、若侍の腕をつかんだ。左の拳で顔を殴りつけ、よろけるところを竹刀を奪い取る。

こんな四人、殺すなど蟻を潰すより簡単だったが、そこまでやるのはさすがにまずい。血がのぼっていたが、自制は働いた。

ただし、こてんぱんにのめした。

うめき声をあげ、若侍たちは地面の上を這いずりまわっている。今にも母親に助けを請いそうな顔だ。

こんな赤子みたいな連中がえらそうにしやがって。だいたい道場の教え方が悪いんだろう。そうに決まっている。

不意に怒りがわいてきた。

まだ握り締めている竹刀をぶんと振った。さらに怒りが強くなった。

「あの野郎、許さぬ」

梶之助は上を仰ぎ見た。さっきより暗くなった空が、深く枝が茂るなかぽっかりと見えている。

四人に目を転じた。まだ起きあがれずにいる。

梶之助は足元に蟻の一団が群れをつくっているのを見た。なにか獲物を見つけ、運ぼうとしている。

わらわらと群がっている姿をしばらく眺めていたが、梶之助は不意に踏みつけた。じりと足を動かす。

足にはなにも伝わってこなかったが、蟻たちのほとんどが死んだのはまちがいなかった。

なんだ、こんな連中。こんな連中のどこが強いんだ。

梶之助は竹刀を投げ捨てると、歩きだした。どこへ行くべきか、すでに明確になっていた。

第四章

一

道場主を殺せば疑われるのは自分では、とわかっていた。

だが、梶之助は殺らずにはいられなかった。

おまえを師範代にする。道場主は確かにそう約束したのだ。

それを、兄のことで反故《ほご》にした。

道場といえども客商売だから、人を斬り殺した兄のことが気になるというのはわからないでもない。門弟には旗本の子弟も少なくないからだ。

しかし自分は自分、兄は兄だ。兄のやったことまでこちらにかぶされてはたまらない。

連座制のあった昔ならまだわかる。だが、今はそんなものはない。

いくら鈴ヶ森で斬首された咎人《とがにん》の弟といえども、師範代に雇い入れる約束を、世間体を気にして破るなど人としてやっていいことではない。

道場主はそんな体面など関係なく生きている人だと思っていた。それがあっさりと覆されたのも許せなかった。

本当なら、山崎家や石橋家をやる前に道場主を殺したかった。だが道場主を殺害すれば、誰の仕業かあっさりとわかるはずだった。

だが仮に道場主を殺害しなかったとしても、すでに追っ手は身近に迫ってきているのではないか。

梶之助はそんな気がしてならない。

それならば、つかまる前に道場主を殺っておくべきだ。殺らずに悔いを残したくはない。

そう梶之助は決断し、道場主を殺害したのだ。

殺るのはこれまでと異なり、さすがにむずかしいのでは、と考えていた。

だが、さほどのものではなかった。

梶之助は、道場主がほぼ毎晩、晩酌するのを知っていた。ときおり晩酌といえないほどに飲みすぎることも。

すごすのは、ほとんどが月のいい晩だった。道場主は月見酒が大好きだったのだ。

梶之助は何度か相伴《しょうばん》したことがあり、道場主がどれくらい飲むかもわかっていた。

一度ならず、道場主は泥酔したことすらあるのだ。

歩きながら梶之助は空を眺めた。三日月だが、今日もいい月が出ている。

今、刻限は何刻か。まだ四つに四半刻ほど間があるだろう。

道場主は朝がはやいことがあって、夜寝るのもはやい。ふだん、五つすぎには寝てしまう。特に酒を飲んでから一刻ばかりの眠りは深く、頬をひっぱたいたところで目を覚ましそうにないほどだ。

梶之助は、小田原提灯のか細い光が次々に照らしだしてゆく道を、金之助の家に向かってひたすら歩いた。誰に追われているわけではないのに、自然と急ぎ足になっている。

道場主の死顔を思いだした。

脇差に胸を貫かれた瞬間、かっと目をひらいたが、あれでなにか見えたのだろうか。息絶えるまではほんの数瞬も要しなかった。

だが、その瞬間までたどりつくのには、梶之助のほうにかなりの忍耐が必要だった。

夕暮れどき、梶之助はまず道場の住居になっているほうの塀を乗り越えた。

さほど広い庭でなく、大木が生い茂っているわけでもなく、身を忍ばせる場所などないように見えるが、実は格好の石が一つ置かれているのだ。

置かれていたというより、この地に道場を建てることに決まったときすでに庭にあったときく石だ。

梶之助くらいの背なら、かがんでいればすっぽりと体を隠してくれる。

梶之助はその石の陰に座りこむようにして、夜のとばりがおりてくるのを待ったのだ。

やがて、この家で一人暮らしをしている道場主が濡縁に出てきたのがわかった。妻は五年ばかり前に病で亡くしている。そのときを境に、道場主の酒は深いものになった。門弟で相伴する者も今日はいないようだ。道場主は一人、酒を酌んでいる。

ということは、まだ師範代を誰にするか決めていないということなのか。

俺でなく誰をその座につけるのか、梶之助としてはきいてみたかった。今の門弟のなかで、ふさわしい腕を持つ者など一人もおるまい。

だいたい徳利で二本、というのが道場主のいつもの量だが、夜の到来とともに秋のように風がさわやかだ。きっとすごすに決まっている。

考えてみれば、と梶之助は石の陰に身をひそめつつ思った。こんな近くに人がいるのに気がつかず、酒を飲める道場主。

どの程度の腕か、わかる気がする。俺を師範代にしなかったのは、もしかしたら怖れていたからではないのか。

そうかもしれない。そんなことを考えたら、殺すのも馬鹿らしくなってきた。

いや、駄目だ。あんな俗物、生かしてはおけぬ。

一度、濡縁から道場主の気配が消えた。寝る気なのかと思ったが、すぐにまた戻ってきた。きっと徳利に酒を満たしてきたのだろう。

結局、道場主は徳利を六本ばかりあけた。道場主にしてみればかなりの量だ。もうかなり酔っているはずだ。

道場主が、ああ、酔った、酔った、とつぶやきつつ障子の向こうに消えてゆくのを、梶之助は肌で感じていた。

布団に崩れるように横たわる道場主の姿が見えるようだ。

梶之助はそれから四半刻ほどじっと待った。よし、行くか。体のこわばりをほぐしてから、家に忍びこんだ。

脇差を道場主の体に突き通したときには思った以上の快感があった。山崎家と石橋家では得られなかったものだ。

やはり、それなりの遣い手を殺すというのは達成感があるのだ。

こうして夜道を歩いている今でも忘れられない。どうにも癖になりそうだ。

今度の出入りが楽しみでならない。殺すな、といわれているが、相手の用心棒を梶之助は屠《ほふ》るつもりでいる。

どうせ追っ手はかかっているのだ。道連れは一人でも多くつくっておくほうがいい。

死人が出たことで金之助一家がどうなろうと、知ったことではない。

四つ前に梶之助は金之助の家に帰った。

「ああ、どちらにいらしてたんです。心配してたんですよ」

梶之助は薄く笑った。

「俺の身を案じていたわけではあるまい。俺がこのまま帰ってこなかったら、と心配でならなかったんだろう」

梶之助は裏庭に出て、刀を抜いた。秘剣の稽古だ。

これは今回の旅の途中、ついに会得《えとく》したものだ。以前から磨きをかけていたのだが、お保の死がそのきっかけになったのか、自分でも満足ゆくものにしあがっている。

実際は秘剣ともいえない代物だが、これを目の当たりにした者はきっと面食らうにちがいない。

梶之助が今こうして剣の稽古をはじめたのは、今度の出入りのためではない。

いつか、とてつもない遣い手とやり合うような予感がしてならないからだ。

二

上田梶之助がかなりの遣い手であるのはわかっている。

二つの家の家族を皆殺しにした手口だけでなく、あの上田半左衛門の弟であるということからも。

梶之助がどこの道場に通っていたのか、勘兵衛たちは上田家の血縁を当たるなどして調べてみた。

すぐに知れた。兄の半左衛門も通っていた道場で、紙田道場といった。

梶之助は三十五だが、まだ部屋住だったというから上田家が取り潰しになるまで繁く通っていたはずで、親しい友人もそこの門弟だろう。

梶之助は高弟だったのではないか。

もしかすると、道場主は梶之助の犯行を知らずに、身の上を憐れんで居させているかもしれない。あるいは、知っていてかくまっているかもしれない。

それを裏づける言葉を、梶之助の従兄《いとこ》からきくことができた。

梶之助は紙田道場で一番の腕の持ち主といってよく、道場主はいずれ梶之助を師範代にするつもりでいたとのことだ。

もし梶之助が道場にいなかったとしても、少なくとも梶之助の人となりを知ることはできよう。

紙田道場がどこにあるかはすぐに知れ、勘兵衛たちは足を運んだ。

そこは麴町平河町二丁目だった。

「おい、勘兵衛」

修馬が顎をしゃくる。

紙田道場と思える建物の前に、町方らしい者たちが集まっていた。

「なにかあったようだな」

勘兵衛はいやな予感がした。

近づいてゆくと、小者たちが野次馬をなかに入れないように壁をつくっていた。

勘兵衛たちは名乗り、その壁のなかに足を踏み入れた。

道場の建物から出てきた者がいた。

「おう、七十郎」

勘兵衛は声をかけた。

「あっ、久岡さん。山内さんも」

足早に近づいてきた。うしろに中間の清吉もいる。

七十郎が勘兵衛たちにたずねる。

「どうしてここに」

「それは俺たちがききたいな。なにがあった」

七十郎は端整な顔をしかめた。

「ご覧になったほうがはやいでしょう」

入口を入り、勘兵衛たちは道場にあがった。

人が一人、布団に横たわったまま死んでいた。刀で一突きにされたのが知れた。

「仏さんは」

修馬が七十郎にたずねる。

七十郎からは予期した答えが返ってきた。

「そうか、道場主か」

道場主の名は平右衛門《へいえもん》、歳は五十六。血のよだれが出ていたが、面相にはほとんど苦しみのあとはない。

おそらく刺されたことすらわからず、あの世に旅立ったはずだ。

「見つけたのは」

「門弟です」

七十郎が指さす。そこには年若い侍がいて、今も呆然と立ちすくんでいた。血の気というものがまったくない。

部屋には酒のにおいが満ちていた。血のにおいもまじっているが、酒のほうがはるかに強い。

「かなり飲んでいたんだな」

修馬がつぶやく。

「そこをぐさりか。ひとたまりもないな」

七十郎が死骸から顔をあげた。

「ちょっとよろしいですか」

勘兵衛たちを隣の間に連れてゆく。

「お二人はどうしてこちらへ」

勘兵衛は他言無用を口にしてから、これまでわかっていることを隠し立てすることなく七十郎に話した。

「そうだったのですか」

七十郎が畳に目を落とす。

「その上田梶之助というのは、二家の旗本一家を皆殺しにしたのですか。——この道場主を殺したのはなにゆえですかね」

その答えは勘兵衛のなかですでに出ていた。

「約束を反故にされたからではないのかな」

「どういうことです」

勘兵衛は梶之助が師範代となることになっていたらしいのを話した。

「しかし、上田家が兄の不祥事で取り潰しになった。当然、あの話はなかったことにしてくれ、ということになる」

「それが許せず、ということですか」

「一度は納得したのかもしれぬが、二家の旗本一家を皆殺しにしたことで、梶之助のなかでたがはずれてしまったんだろう」

勘兵衛は、上田梶之助の人相風体《ふうてい》を語った。わかりました、と七十郎がいう。

「市中見まわりの際は特に気をつけます」

「気をつけるといえば、遣い手だからな、いきなり取り押さえようなどと思わぬほうがいいな」

「わかりました。これまで捕物では何度も久岡さんの手を煩《わずら》わせていますが、下手な手だしはせず、はなから久岡さんたちを呼ぶようにしますよ」

七十郎とわかれた勘兵衛たちは紙田道場の門弟たちに次々に会い、梶之助の足を運びそうなところをきいた。

誰もが道場主が殺されたことに驚嘆していたが、それで口が軽くなるというものではなかった。

それに、ほとんどの者が梶之助とはさほど親しいというわけではなかった。道場のなかでは遣い手だから尊敬の念をもってそれなりに口をきいていたが、道場以外で酒を飲みに行ったり、悪所に一緒に繰りだすようなことは一切なかったという。

梶之助自身、それほどつき合いのいい男ではない、ということもあったようだ。

一人、口がいかにも軽そうな御家人の部屋住がいた。その若い門弟が暮らす、日当たりのいかにも悪い北向きの部屋で勘兵衛たちは話をきいた。

「悪所に行かなかったのは、あの人には好きな人がいたからなんですけど」

「女だな」

修馬が鋭くいい、今その女がどこにいるかきいた。

御家人の次男坊の門弟はやわらかく首を振った。

「いえ、もうこの世にいないんですよ」

門弟は、あくまでも噂として入ってきた話を勘兵衛たちに語った。

「出産で女が死んだのか」

「そうです。血がとまらずにそのまま、ということでしたよ」

三十五歳の部屋住が愛した女か、と勘兵衛は思った。もしかしたらおのれにも降りかかってきたかもしれない身の上であるのに気づき、哀れという一言では片づけられない気がした。

「子供は」

「さあ、死産だったとききましたけど……」

門弟が言葉を濁す。

そうか、男児だったかもしれぬのか、と勘兵衛は思った。部屋住にあてがわれた女が産んだ男児はすべて間引きの運命が待っている。

「その女の人はお保さんといったそうですが、そのお保さんが亡くなるとすぐに、梶之助さんは武者修行の旅に出たのです」

「いつのことだ」

「半年ほど前のことです。それで久しぶりに江戸に帰ってきてみれば、家は取り潰しになっていた。まったくついてないですよねえ」

自暴自棄になるのもわからないではない、という同情めいた気持ちが門弟の言外にあらわれている。

だが、梶之助のやったことは決して許されるものではない。ひっとらえ、斬罪に処されるべきものだ。

門弟が体を引き気味にした。

勘兵衛が横を見ると、修馬が怖い顔で門弟をにらみつけていた。

「やつの行きそうなところに心当たりはあるか」

門弟は、ありませぬ、と答えた。

「やつは酒は好きなのか」

「ええ、好きでしたね。よく道場主とも酒を酌んでましたし。あんなに仲がよかったのに、どうして……」

門弟は悲しそうに目を伏せた。

「贔屓にしていた店を知らぬか」

「いえ、それがし、一度も一緒に飲みに行ったことがないものですから」

「やつの趣味はなんだ。剣以外で夢中になっていたものはあるか」

修馬が声を張る。

「いえ、趣味というのは別になかったように思いますけど……」

「将棋や碁の類もか」

「指しているのを見たことは、一度もないですね」

「酒は一度もないといったが、食い物はどうだ。なじみの蕎麦屋みたいなものはどうだ」

勘兵衛がきくと、門弟が首をひねった。

「蕎麦切りが好きかどうかは知りませんけど、梶之助さん、大福が大好きでしたね。日に一度は必ず、というくらい好きでしたよ」

門弟の屋敷を出て、勘兵衛たちは道を歩きだした。

季節は冬であるのを思い知らせる風が、袴《はかま》の裾をまくりあげるように吹きすぎてゆく。勘兵衛は身を縮めた。

「くそっ、寒いな」

修馬が毒づく。

「どこか水茶屋でも入って、あったかなお汁粉《しるこ》でも飲みたいな」

「そうしたいのは山々だが、まずは大福の店に行かぬとな」

「だが勘兵衛、梶之助ほどの剣の達者が大福屋に転がりこんでいるかな。どうにも似つかわしくないぞ」

「それでも行ってみるしかあるまい。店の者が梶之助と親しくて、なにか知っているかもしれぬ」

先ほどの門弟には、梶之助が好きだった四軒の店を教えてもらっている。

「だが勘兵衛、梶之助が道場主を殺したのは、師範代にしてもらえなかった逆うらみだよな。となると、ほかの二つの旗本家を虐殺したのは、縁談を断られたから、という理由は十分納得できるな」


三つ目の店は、寺のなかの水茶屋だった。寺は悠弘院といい、町は麻布桜田町だ。

「おい勘兵衛、ここは」

山門をくぐって修馬がいう。

「ああ、山崎家の菩提寺だな」

梶之助の手にかかって死んだ山崎伝八郎一家の葬儀がここで行われ、勘兵衛たちも親しい者に事情をきくために足を運んでいたのだ。

「そうか、この寺の名をきいたとき気がつくべきだったな」

「ぼやくな、勘兵衛。この江戸にいったいどれだけの寺があると思っている。それも似たような名が多いんだぞ。一度来ただけの寺を覚えておくなど、無理だ」

「修馬はそれでいいかもしれぬが、俺はそれでは気がすまぬ」

「考え方のちがいだな」

修馬が境内を見渡す。

それが名物にでもなっているのか、桜や藤、楠、欅などがたくさん植わっており、それらを眺める者があとを絶たない。

その者たちを目当てに店をだしているらしい水茶屋が一軒ある。

「これまでの店は梶之助のことなどろくに覚えていなかったが、あの店は勘兵衛、期待できるかもしれぬな」

「ああ、そうだな」

ここが山崎家の菩提寺であるというのは、ただの偶然とは思えない。きっとなにかあったに決まっているのだ。

石畳を踏んで、勘兵衛たちは店に入った。伊祖屋と染め抜かれた幟が寒そうに風に震えている。

勘兵衛たちは毛氈が敷かれた縁台に並んで腰をおろした。

けっこうこんでいる。十数名入っている客の誰もが大福を食していた。

「そんなにうまいのかな」

修馬がささやく。

「試してみたらよかろう」

「むろんそのつもりだ」

「いらっしゃいませ」

前掛けをした娘が寄ってきた。

修馬が茶と大福を頼んだ。

「大福は一人前ですか」

「いや、この頭のでかい男も食べる。二人前もらおう」

小さく笑みを浮かべて娘が奥に去ってゆく。

「いらぬことをいうな、修馬」

「いらぬことではないさ」

「どうしてだ」

「これで、あの娘は俺たちに親しみを持ってくれたろう。話もしやすいはずだぞ」

お待たせしました。娘が大福と茶を持ってきた。

縁台に置いて立ち去ろうとするのを、修馬が呼びとめた。

「ちょっと話をききたいのだが」

「はい、なんでしょう」

「おまえさん、看板娘かい」

「いえ、そんなに呼ばれるほどの者ではありません」

娘は恥じらうようにしたが、この娘目当てに来ているらしい若い客がいるのは確かで、実際に数名の者が気軽に声をかけた修馬に険しい目を浴びせた。

修馬はかまわずに梶之助の名と人相をだし、こういう男がよく来ていたはずだが、といった。

「よくかどうかは知りませんが、一度見えたお侍でまちがいないと思います」

「やはりそうか。来たのはいつだ」

「えーと、あれはまだ十日もたっていないと思うんですけど」

おそらく、山崎家を襲う直前のことではないか。そういえば、と勘兵衛は思った。殺される直前、山崎伝八郎、貴江夫婦はこの寺にお参りしていたのがわかっている。

「そのとき上田梶之助になにか変わった様子は見えなかったか」

「ええ、ありました」

娘が声をひそめる。奥のほうで店のあるじらしい者が、怪訝そうに見ている。

「そのお侍は、こちらにお墓参りにでも見えていた他のお侍の夫婦をじっと見てらっしやいました。とても怖い目をされていて、なにかする気なんじゃないのかと思ったのを、あたし、覚えています」

いかにも幸せそうな二人を見た梶之助は、今の自分の境遇とくらべたのだろう。そして貴江が選んだ男の偉丈夫ぶりを見て、我慢がきかなくなった。許せなくなった。

勘兵衛たちは城に戻り、そのことを麟蔵に報告した。

さすがの麟蔵も、道場主まで殺されたことには驚いたようだ。すぐに息を入れ、勘兵衛たちをじろりと見つめてきた。

「二人ともよくやった」

低い声でいう。

「紙田道場を含め、三軒の犯行は上田梶之助の仕業と見てまちがいあるまい」

三

布団を払いのけ、左源太は上体を起こした。腕を伸ばし、湯飲みをつかむ。傾けたが、なかは空だ。ちっ、と舌打ちし、徳利から酒を注ぎ入れる。

ぐいっと一気に飲み干す。湯飲みから酒がこぼれて胸のところを濡らしたが、かまわなかった。

うーん、と隣の女が寝返りを打つ。寒いのか、手で布団を探っている。

「起きろ」

左源太は女の頬を軽く叩いた。一度では目を覚まさず、二度、三度と叩いた。

「なに……」

女が薄目をあける。すぐそばに行灯が灯されていて、薄着をまとった女の姿がなまめかしく見える。

左源太は女を引き寄せた。

「またするの」

「いやか」

「ううん、あたし、強い男は好きよ」

親分の寅吉から、明日大きな出入りがあるときかされている。

その高ぶりがどうにも消えず、左源太はこのところずっと女の肌に溺《おぼ》れっ放しだ。

その思いをぶつけるように女を荒々しく抱いたが、高ぶりはきえない。

「どうしたの」

終わったあと、左源太の胸に頭を預けて女がきく。

「なんでもない」

左源太は女から逃れるようにまた上体を起こした。

酒を飲む。

「苦そうね」

「うるさい」

「ねえ、なにがあったの」

「うるさいっ」

今度は怒鳴りつけた。女が驚き、ひっと身を引く。

その姿を見て、左源太のなかで急に後悔がわき起こってきた。

「すまぬ」

女は答えず、悲しそうな目で布団をかたく握り締めている。

襖の向こうで人の気配がした。

「なにか粗相でもありましたか」

この女郎宿のやくざ者だ。この宿は寅吉の息がかかっている宿で、宿の者はここに寅吉一家の用心棒がいるのを知っている。

女が怖そうな瞳で左源太を見ている。左源太に告げ口をされたら、折檻《せっかん》をされかねないのだろう。

「いや、なにもない。行ってくれ」

「わかりました」

男が去ろうとする気配が伝わる。

「ちょっと待ってくれ。今、何刻かな」

「八つすぎだと思います」

「ありがとう」

男が静かに去っていった。女がほっと息をつく。

左源太はまた酒を飲んだ。やはり苦いだけだ。ほんの何日か前はうまくてならない酒だったのに。

どうしてこんなふうになったのか。

わからない。だが、なにをするにもだんだんとむなしくなってきている。

前に戻りたい。左源太はそんな気になりつつあった。

道場で稽古もしたい。勘兵衛や大作に会いたい。家族の顔も見たい。

今の暮らしはおもしろいが、なにか物足りない。おもしろおかしく暮らすのは楽しいが、ご馳走《ちそう》を毎日食べ続けているみたいなもので、どうやら飽きてしまったようだ。

汗を流して稽古に励んだことがなつかしかった。かなわぬまでも、勘兵衛を驚かせたときの充実した思い。

この暮らしでは味わうことなどできない。出入りは戦国の頃の武者の気持ちがわかるような気がするほど気分を高揚させてくれるが、それまでのことだ。

本当に合戦が命のやりとりの場だった戦国武者が見れば、出入りなど子供の喧嘩に等しいだろう。

家に帰るか。

だが、兄や父は入れてくれるだろうか。もうとうに勘当になってはいやしないか。勘当になっていたら、もう俺に戻る家はない。この暮らしを続けるしかないのだ。

一時の激情に駆られて、なにかとんでもないまちがいを犯した気持ちになってきた。部屋住といっても今まで極楽にいたのに気がつかず、飛びだしてしまった。

もう極楽への扉はあいていないのではないか。

また酒を口にした。苦くてならないが、この気分を心から追いだすためには酒に頼るしかない。

すぐに徳利が空になった。一升は入る徳利だ。前はこんなに飲んだら確実に潰れていた。今はほとんど酔わない。

「持ってきましょうか」

女が申し出る。

「いや、いい」

下帯を締め直し、左源太は立ちあがった。小袖《こそで》を着、刀架の刀を腰に差す。

「どちらへ」

「熱を冷ましたい」

襖をあけると、すっと冷気が忍び寄ってきて体を包みこんだ。左源太はぶるっと体を震わせたが、廊下を進んだ。

足の裏も冷たい。痛く感じられるほどだ。

「どうしたんですかい」

宿の男が姿をあらわし、寄ってきた。

「ちょっとな、外の風を浴びたいんだ」

「本当は女が粗相したんじゃありませんか」

「ちがう」

左源太は階段を前に立ちどまった。

「おい、あの女を折檻したいのか」

男が顔をひきつらせる。

「そんなことはありませんよ」

怖い顔するなあ、と男がつぶやく。

階段をおりた左源太は雪駄《せった》を履いて中庭に出た。

月が出ており、煌々《こうこう》と庭を照らしている。冷たい風が吹き渡り、寒さに負けることなく枯れずに残ったわずかな草をさわさわと揺らしてゆく。

左源太は刀を抜いた。上段に掲げ、思いきり振りおろす。

体が熱くなり、さらに汗が飛び散るまで斬撃《ざんげき》を繰り返した。

駄目だな。

心のなかの寂しさはまるで消えてくれない。

次の出入りが終わったら、と左源太は決意した。用心棒はやめて、家へ帰ろう。

四

「おい勘兵衛、ここもうまいな」

大福をほおばった修馬が笑いかける。

「梶之助の大福好きは筋金入りだったみたいだな。どこもはずれがないぜ」

勘兵衛たちがいるのは飯倉新町だ。この町に昨日行けなかった最後の大福屋がある。

大福を食べ終えた修馬があらためて店の前に進み出た。この店は水茶屋というのではなく、通りに店をだしている。

ほかにも団子などの売り物はありそうに見えたが、実際に売り物は大福だけのようで、客のすべてはうれしそうに大福の包みを抱えて出てゆく。

麟蔵は、下手人は上田梶之助であると断定したが、梶之助がどこに身をひそめているのか知れたわけではない。行方捜しの一助になれば、ということで勘兵衛たちはここまでやってきたのだ。

ただ、話をきくのには客が多すぎる。この者たちが消えるのを、修馬は黙って待つ気はないらしかった。

十名ほどの列がつくられており、その者たちをかきわけるようにして修馬が店主の前に出た。

「なんだ、横入りかよ」

誰かが小さくいう。修馬は声のしたほうをにらみつけた。

誰もそれ以上いわないのを確かめてから、足を進める。

あるじが上目づかいに見る。

「あの、なにか」

「ききたいことがある。よいか、話してもらうぞ」

城から来た役人であるのを誇示するかのようにわざと尊大な口調でいう。

「は、はい、わかりました」

修馬は振り返り、うしろに列をつくっている者たちに散れ、というように手を振った。

客たちが不満そうな顔をして離れてゆく。かたわらにいる勘兵衛にも憎々しげな目をぶつけていった。

「よし、これで話がしやすくなったな」

修馬に人なつこい目を向けられた店主がほっとしたような顔を見せる。

修馬が上田梶之助の名をだした。

「おぬし、存じているか」

「はい、よく来ていただいておりましたから、お名も自然に覚えました」

「やつとは親しいのか」

「いえ、親しいといえるほどでは。挨拶をかわすのがせいぜいです」

「となると、今やつがどこにいるか、知らぬということか」

「はい、存じません」

「やつが最後に来たのはいつだ」

「ほんの数日前だったと思います。それはもう久しぶりでしたね。多分、半年近く見えていなかったのではないでしょうか」

「そのとき、やつに変わった様子はなかったか」

店主は思いだそうとするように顎に手を当てた。

「いえ、ご機嫌はよさそうでしたよ。ただ、前とお人が変わられたというのか、なにかに苛立っておられるというのか、妙な雰囲気は持っておられました」

店主が顔をあげ、修馬を控えめに見た。

「そのせいでしょうか、横入りしようとしたやくざ者を叩きのめしたんです」

「ほう。詳しく教えてくれ」

店主はそのときの様子を話した。

「ふむ、一人の腕をいきなり折ったか」

修馬がつぶやく。

「そのあとは」

「はい、上田さまはなにごともなかったような足取りで東のほうへ行かれました。しばらくして血相を変えた十人近いやくざ者が上田さまのあとを追ってゆきました」

修馬が勘兵衛に目配せする。勘兵衛が近づくと、修馬がささやいた。

「そのやくざ者ら、なにか知っていると思うか」

「話をきいて損はなかろう」

「そうだな」

修馬が店主に向き直る。

「そのやくざ者だが、どこの一家の者か、知っているか」

「ここか」

勘兵衛は足をとめた。

麻布網代《あみしろ》町にあるなかなか立派な一軒家で、戸口はかたく閉まっている。修馬が戸を引いたが、駄目だった。

なかから人の気配はしているが、まだ五つ半（午前九時ごろ）をようやくすぎた朝のはやい刻限では、やくざ者の大半はまだ寝ているのかもしれない。

「勘兵衛、裏へまわろう」

二人は路地を入り、庭のあるほうに出た。

そちらは格子戸になっていた。

ごめんよ。声を発して修馬が戸に手をかけた。からからと軽くひらく。

その音をききつけたのか、濡縁の先の障子がすらりとあいた。いかにも目つきが悪く、ひげが顔全体を覆っている男が仁王立ちしている。

「どちらさんですかい」

修馬が名乗る。

「えっ、お城の御徒目付さまですか。どんな御用でしょうか」

途端に腰が低くなる。

「ちょっと話をききたい。飯倉新町の大福屋だが、おまえ、よく行くか」

「あの大福屋がなにかよけいなことでもいいやがったんですかい」

「問いに答えろ」

「――いえ、あっしは大福は駄目なんで」

「あの店を贔屓にしている者を呼べ」

わかりました、と男が引っこんでゆく。

代わって顔をだしたのは、体ががっちりとした男で、あそこの大福が好きというのにはあまりに似つかわしくない。

「あのお役人、なにかありましたんで」

「おまえか、あの大福屋を贔屓にしているのは」

「いえ、あっしは甘い物はあまり好きじゃないんで。この一家を束ねる者です」

名乗ろうとするのを修馬が制する。

「おまえの名などどうでもいい。とっとと大福屋を贔屓にしている者を連れてこい」

親分が引っこんでゆき、今度はずいぶんと細身の男が出てきた。こいつは親分より人相が悪い。いかにもすさんだ顔だ。

「この前、あの大福屋の前で浪人と喧嘩になったか」

男は黙っている。

「どうなんだ」

「ええ、なりましたよ。それがなにか」

ふてくされたようにいう。

「一人が腕を折られたあと、その浪人を十人近くで追いかけていったそうだな。浪人は見つかったのか」

男はまた黙りこんでいる。

「どうなんだ」

「あの、お役人、なにをおききになりたいんですかい」

「その浪人の行方だ」

「あっしは知りませんねえ」

「おい、浪人は見つかったのか」

修馬がもう一度きいた。

「ええ、見つかりましたよ」

修馬がにやりと笑う。

「どうやらこてんぱんにのされたみたいだな。ちがうか」

男は不満げに口をひん曲げた。

「そうですよ。さんざんにやられちまいましたよ」

「そうか、あの男に挑みかかってゆくなんざ、なかなかいい度胸をしているじゃないか。まあ、行方を知らぬのなら仕方がない。勘兵衛、引きあげるとするか」

「いや修馬、待て。この男、なにか話したそうな顔をしているぞ」

修馬が男を見やる。

「なんだ、いいたいことがあるのならきいてやるぞ」

男がかすかに顎を引く。

「あの浪人、なにかやらかしたんですかい」

「ああ、やらかした」

その中身までは教えてもらえないことを、男はさとったようだ。

「つかまったら、死罪になるようなことですかい」

「死罪というのは町人、百姓の刑だ。やつは浪人といえども侍だからな、斬罪だ」

「とにかく死ぬんですね」

「そういうことだ」

男はしばらく考えている風情だったが、ちょっと待っていておくんなせえ、と奥に姿を消した。

すぐに男は戻ってきた。もう一人やや若い男を連れている。

「こいつが、あのあとあの浪人を見たことがある、といってます」

修馬が一歩踏みだし、若い男に顔を近づけた。

「どこで見た」

「へ、へえ」

一度、ある寺の境内の水茶屋であの浪人を見かけたのだという。この前と同じように大福を食っていた。

あの野郎。心中ひそかにうなり声をあげ、この若いやくざ者は浪人のあとをつけていった。

「その寺の境内からせまい路地に出られるようになっているんですが、その路地であの浪人は若侍四人をあっという間に叩きのめしたんですよ。あっしはその強さに唖然《あぜん》としちまいやしたが、それでも浪人のあとをついていったんです」

しかし見失ってしまった。あれ、と思った瞬間、首筋をぐいっとつかまれ、路地に引きずりこまれた。腹を拳で打たれ、地面に倒された。

浪人が上からにらみつけてきた。

「なんだ、おまえ、この前のやくざ者だな。仕返しにでも来たのか」

「ちがいやす」

「とぼけるな」

顔を何発か殴られ、男は失神してしまったという。

「では、そのあとは浪人がどこへ行ったのか、わからぬということだな」

「ええ、そういうこってす」

勘兵衛と修馬は格子戸を出て、路地を通り、表の道まで戻ってきた。

冷たい風が吹き渡り、土埃が立った。それが月代に叩きつけられ、痛いくらいだった。

「さて、どうする、勘兵衛」

「とりあえず、今の男が梶之助を見失った町まで行ってみるしかないだろうな」

「俺もそう思っていた」


「勘兵衛、このあたりだろう」

修馬が立ちどまり、付近を見まわしている。

ちょうど鮫ヶ橋という、幅が一間ほどしかない木橋を渡ったところだ。

このあたりは道幅がやたらに広い。東側に御三家の一つである紀州《きしゅう》家の広大な上屋敷があり、その火除《ひよ》けの意味もあるのだろう。

「いや、もう少し先だな」

勘兵衛と修馬は鮫ヶ橋坂の中腹までのぼったところで再び足をとめた。

「ふむ、四ッ谷仲町《なかちょう》はこのあたりだろう」

「そうか」

「よし、まずは自身番だな」

東側は相変わらず紀州家の塀が続いている。広い道をはさんだ西側に町屋が立ち並んでおり、そこが四ッ谷仲町だ。

自身番に寄った勘兵衛たちは身分を打ち明けた上で、つめている町役人に梶之助の人相をだし、こういう浪人がこの町内にいないかきいた。

「いやあ、そういう人に心当たりはありませんねえ」

勘兵衛たちは次の町である四ッ谷表町に入った。ここでも自身番に寄った。

ここも駄目だった。

さらに道を北へ進み、次の町へと向かう。

「勘兵衛、腹が空かぬか」

じき昼だ。はやいうちからさんざん歩きまわったから、修馬が音をあげるのもわからないではない。

「もう少し我慢できぬか」

「勘兵衛がそういうのなら、仕方がない。我慢しよう」

「すまぬな」

いってから別に謝るほどのことでないのに勘兵衛は気づいた。修馬を見ると、一つ貸しをつくったとでもいいたげな顔をしている。

勘兵衛たちが足を踏み入れた町は、鮫ヶ橋北町だった。

その自身番に入ると、梶之助の人相に合致する短軀の浪人者がやくざ者に雇われたらしいのが知れた。

どうして梶之助がやくざ者の世話になっているかはわからなかったが、とにかくこの町にやつはいるのだ。

「どこの一家だ」

修馬が鋭くきく。

「はい、金之助さんという一家のところなんですけど」

「家はどこだ。案内しろ」

「でも、つい先ほど多勢で町の木戸《きど》を出ていったんですよ」

自身番につめている他の四名の町役人もうなずいた。

「そのご浪人も一緒でした」

「なんだと。一家はどこへ行った」

「いえ、わかりません」

修馬がぎろりと他の者を見まわす。

「でも、全員が血相を変えていましたし、尻をはしょり、長脇差を差していましたから、おそらく出入りではないんでしょうか」

「ええ、最近、一家はどうもぴりぴりしていましたから」

出入りが近いのがわかっていたということか、と勘兵衛は思った。

「おい、出入りをどこでやるのか、知っているか」

修馬が問いを続ける。

「いえ、存じません」

「相手の一家はどこだ」

それも町役人たちは知らなかった。

ほかに手がなく、町役人の一人に案内させて勘兵衛たちは金之助一家の家に向かった。

町役人たちのいう通りで、家はもぬけの殻だった。

隣家の者が、一家が多勢で出かけていったのを見ていたが、どこに行ったのかはやはり知らなかった。

「前に七十郎が出入りがあったとかいっていたよな」

勘兵衛は修馬にいった。

「そうか。同じところでやるかはわからぬが、稲葉どのなら場所に心当たりはあるかもしれぬな」

修馬が腕を組む。

「だが勘兵衛、出入りが終わればまたここに戻ってくるんだろう。待っていればいいのではないのか」

「修馬、出入りが無事に終わると思うか」

「どういう意味だ」

修馬が考えこむ。

「そうか、これまで何人も殺しているから、梶之助が容赦せぬかもしれんのか」

「ああ、親分には斬らぬようにいわれているかもしれぬが、果たして梶之助が守るかどうか。いや、放っておけば確実に死人が出るだろう」

「そうだな。こりゃ、出入りの場所を捜しださぬと本当にまずいな。新たな死人など、見たくないぞ」

修馬が眉をひそめる。

「だが勘兵衛、どうすればいいんだ」

勘兵衛はひらめいたものがあった。

「元造はどうかな」

「げんぞうだと。ああ、俺が懇意にしている、いや、していた元造か」

「そうだ、俺が出入りで助太刀《すけだち》してやった元造だ」

「そうだな、いいかもしれぬな」

修馬が深くうなずく。

「蛇の道は蛇か。ふむ、同じ生業《なりわい》の者だからな、なにかその手の話が入ってきているかもしれぬ」

五

指がこわばっている。

左源太はもみほぐした。

「旦那、顔がかたいですよ」

健造にいわれた。

「いつものことだ」

「旦那くらいになっても、やっぱり緊張するものなんですねえ」

「おまえはどうだ。ずいぶん落ち着いているように見えるぞ」

「もう慣れたもんですよ。それにどうせ今日も勝ちが決まってますからね」

笑顔で左源太を見あげてくる。

「旦那がいる限り、あっしたちは負けやしねえんですから」

「そんなことはない。もしかしたら、今日は負けかもしれぬぞ」

「そんな弱気なことといわないでくださいよ。旦那らしくないですよ」

それには答えず、左源太は草原を見渡した。

これまで出入りが行われた場所と同様、深い木々に囲まれた原っぱだ。少しだけ柳《やなぎ》のような疎林《そりん》が見えているが、ほとんどは冬枯れの草が覆っている。

ここに来るまで木枯らしが吹きまくっていたが、この場に入ったら木々にさえぎられて嘘のように消えた。静かなもので、鳥のさえずりさえもきこえてこない。

半町（約五五メートル）ほどの距離を置いて、相手方の一家がずらりと並んでいる。親分の名は金之助ときいている。

相手の一家は三十名に届かない数だ。こちらはもう五十人以上を有している。

まともにやくざ者同士がやり合えば、こちらの勝ちは見えている。だが、出入りはそういうものではない。

俺が勝たねば、負ける。

手のひらがじっとりと粘りはじめている。左源太は先ほどから、本物の戦場に身を置いたような心持ちになっている。

大丈夫だと自らにいいきかせるが、喉がからからだ。

どうしてなのか。

答えはわかりきっている。

相手にとてつもない遣い手がいるのだ。それは、体を包みこむ殺気がはっきりと教えてくれている。

殺気は分厚い雲となって、押し寄せてきていた。目に映るものではないが、そのさまが左源太にはくっきりと見えるようだった。

「旦那、大丈夫ですかい」

健造が眉間にしわを寄せている。

「ひどい顔色になってますぜ」

「ああ、ちょっと風邪気味なんだ。だが大丈夫だ。まかせておけ」

大丈夫などでは決してない。左源太はいやな予感がしてならなかった。

殺されるのではないか。いや、まちがいなくあの世に送られる。

震えが出てきた。それがとまらない。

健造たちにさとられたくなく、左源太は必死に体に力をこめるが、震えはむしろ大きくなるばかりだ。

ふっと左源太は息を入れた。いや、入れることができた。

どうしてか殺気がゆるんだのだ。ようやくふつうに呼吸ができるようになった。体からも震えは消えていた。

途端に元気が出てきた。

さっきのは勘ちがいだ。そんな遣い手がいるはずがない。

そう、俺を倒せるような者がやくざの用心棒なんかをやっているはずがないのだ。

大丈夫だ。きっと今日も同じだ。向こうの用心棒などたやすく倒せる。

いのだ。

左源太は、相手がどこにいるのかあらためて捜した。

殺気を感じていたときから必死に目を凝らしていたのだが、どうしても見つけられな

寅吉の子分たちが、あれ見ろよ、あれがそうらしいぜ、などと向こうのやくざ者のほうを指さして笑っている。嘲笑、失笑の類だ。

「おや旦那、顔色が戻りましたね」

健造がほっとしたようにいった。

「そうか」

「ねえ旦那、向こうの用心棒、見ましたか」

「いや、どこにいる」

「やっぱり見えませんか。みんな、さっきから笑ってるでしょう。旦那も見れば、どうしてかわかりますよ」

健造がどこにいるのか教えてくれた。

「なに、あれがそうか」

信じられない。やくざ者の陰に一人浪人らしい者がいるのが見えたが、背丈があまりに低い。そのせいでこれまでよく見えなかったのだ。

五尺もないだろう。左源太も五尺五寸（約一六七センチ）ほどで驚くほど大きくはな

いはずだ。

いが、あの金之助一家の用心棒ともし並んだとしたら、まるで大人と子供にしか見えな

これならやれる。

自信めいたものが心のなかでふくらんだ。

いや、待て。

左源太は凝視した。

用心棒の姿が先ほどよりずいぶんと大きくなって見えているのだ。子分たちも同様らしく、いつしか笑いはまったくきこえなくなっている。

またも殺気が渦になって迫ってきた。それは先ほどより力がずっと強く、左源太をがちがちに縛りあげようとしていた。

左源太は体が自由にならなくなっているのを感じた。

なんとか顔をあげて、用心棒を見た。大きさはさらに増している。

左源太は唇を噛んだ。とんでもない遣い手であるのを再びさとった。

あまりに腕がちがいすぎる。

俺など敵しない。

逃げだしたかった。しかしここで逃げだすのは許されない。いや、なにより体がまったく動かなかった。

刀が振りおろされる。

ひゅんと風切り音がし、それを頼りに左源太はかわした。

さらに胴がきた。これもなんとか避けた。

左源太は必死に刀を構えた。相手は殺す意志はないのか、峰を返している。

しかし左源太にそれだけの余裕はない。刃は相手のほうを向いている。

だが、それでもまったく相手にならない。これは思っていた通りだから驚愕も落胆もなかったが、相手の腕が予期していたはるか上をいっていることに、左源太は正直、肝を潰している。

とにかく振りが鋭いのだ。

もしこれまで勘兵衛という男を稽古相手にした経験がなかったら、おそらくよけることはできていなかった。

この相手では勘兵衛も殺られてしまうだろうか。いや、そうとは思えない。相当の苦戦は強いられるだろうが、あいつならきっと倒せる。こんなやつにおくれを取るはずがない。

死に物狂いに刀を振り続けながら、左源太は思った。

相手は今、確実に遊んでいる。本気をだしていないのだ。

いつ左源太を仕留めるか、ときをはかっているにすぎない。

あまりに簡単に倒してはおもしろみがない。そのくらいは考えているのかもしれない。

左源太は必死に刀を振るった。かなわないまでも、なんとか動きまわって相手に隙をつくらせたかった。

勝負はときの運だ。動いてさえいれば、相手が心の臓の発作を起こさないとも限らないし、枯れ草に足を取られることだって考えられないではない。

もっとも、この軽やかな動きを持つ男に心の臓に持病があるとも思えないし、このどっしりと腰を落とした男が枯れ草ごときを問題にするとも思えない。

それでも左源太は万が一を期待して、奮闘し続けた。

胴を払われたのを打ちおろす。すぐに袈裟斬りがやってきた。それも弾いたが、左源太はそのあまりの重さによろけた。

しまった。崩れた体勢をなんとか立ち直らせつつ、左源太はどこから刀がくるのか見極めようとした。

刀はこなかったが、目の前に相手の顔があった。

どういう具合なのか、いつの間にか鍔《つば》迫《ぜ》り合《あ》いになっていたのだ。

「ちょっと話がしたかったんだ。そんなに不思議がることはない」

浪人がかすかに笑う。ふっと笑みを消し、ぎらりとした瞳でにらみつけてきた。

「おまえもさっき笑っていたのか」

「さっきだと」

「とぼけんでもいい。おまえ、俺のことを見つけられなかったんだよな。俺があれだけの殺気を放ったっていうのにな。それだけで腕が知れたぜ」

「俺を殺すのか」

知らず声が震えていた。

「用心棒がそんなことといっていいのか」

相手が顎をしゃくる。

「ほら、ああしてみんな見てるぜ。心配そうな面だ。あいつらの期待を裏切ってはいかぬだろうが」

男がまた笑みを見せた。

「そうだよ、殺す気さ。だが、あと少しは生かしといてやる。それじゃないと、つまらぬからな」

まさかこんなことになるなんて。左源太は泣きだしたい気持ちだった。

今はとにかく命が惜しくてならない。用心棒など、さっさとやめとけばよかった。いつかこうなるのはわかっていたのだ。

誰か助けてくれ。

刀を持つ手に精一杯の力をこめながら、左源太は心のなかで叫んだ。
しかしその叫びは届かず、左源太はどんと突き放されるように押された。
ぐらりと体が傾き、男が刀を握りかえるのが見えた。
本当に殺す気だ。
左源太は背筋が一気に冷えるのを感じた。なんとかしなければ。
ここは逃げるしかない。だっと駆けだそうとした。
「そうはさせぬ」
いつの間にか男がまわりこんでいた。信じられない足の運びだ。
「今、あの世に送ってやる。——いずれ俺も逝く。あちらで待っててくれ」
目を細めた男がすっと刀を振りあげる。
あわわ。左源太はあわてて刀を構え直そうとした。
だが、男の振りおろしのほうがはるかにはやかった。
殺られるっ。左源太は観念した。

六

間に合わぬかっ。

勘兵衛は必死に長脇差を伸ばした。

がきん、という音がし、腕にしびれが伝わってきた。その重さに正直、勘兵衛は驚いた。

これは予期した以上の遣い手だな。

それでも左源太に男の刃は届かなかった。

その左源太は、かくれんぼでもしている子供のように刀を放りだした両手で頭を抱え、かがみこんでいる。

「大丈夫か、左源太」

勘兵衛は男に刀尖を向けつつ声をかけた。

左源太はうずくまったままで、返事がない。

「おい、左源太」

勘兵衛は声を荒らげた。

左源太がはっと顔をあげる。たゆたう靄《もや》のなか、樹間を突き抜けるように入りこんできた陽射しがややまぶしいのか、左源太は目をつぼめている。

「あっ、そのでかい頭は」

左源太が立ちあがりかけて、目の前の刀を拾いあげる。あらためてきいてきた。

「勘兵衛、どうしてここに」

「そんなのはあとだ。左源太、こいつは俺にまかせてとっととうしろに下がれ」

男とやり合っていたのを思いだしたかのように、左源太が泡を食ってあとずさる。

男はもはや左源太を見ていない。ぎらぎらとした真夏の太陽のような瞳で、勘兵衛をにらみつけている。

その瞳には、どことなく喜びの色がにじみ出ているような気がする。

「あんただったのか」

上田梶之助と思える浪人がつぶやく。

「俺を知っているのか」

勘兵衛はたずねた。

「いや。ただ予感がな」

「予感というと」

「どうでもよかろう。はやくやろうではないか」

待ちきれぬ、との思いをあらわに浪人が刀を向けてきた。

「おぬし、上田梶之助だな」

勘兵衛は確かめた。確かにきいていた通りの短軀だ。

「そうだ」

全身を上から下まで見たのが気に入らなかったのか、梶之助が厳しい目つきで見据えてきた。

「勘兵衛、助太刀はいるか」

背後から修馬がきく。

「いらぬ」

勘兵衛は背中で答えた。

「そこでおとなしくしていてくれればいい」

わかった、と修馬がいった。

「まかせたぞ」

ああ、と勘兵衛は返して梶之助を見つめた。

そうか、こいつが上田梶之助か。

梶之助の瞳がさらに鋭い光を帯びた。こいつこそ長いあいだ捜し求めていた獲物だ、
といわんばかりの光だ。

「あんた、徒目付か」

「そうだ、おぬしをとらえに来た」

「とらえに、な」

「できるのかい」

梶之助が蔑みの笑いを見せる。

「できるさ」

「自信満々だな。では、俺の仕業ってことがわかったということか」

「ああ、三軒ともな」

「そうか。思ったよりはやかったな。だがあんた、やるな。仕事のことではないぞ。剣のほうだ。名は」

勘兵衛は答えるべきか迷った。ここで隠し立てしてもはじまらなかった。

「そうか、久岡勘兵衛か。しかし、えらくでかい頭だな。はじめて見たぞ。重くはないのか」

これには勘兵衛は答えなかった。

「なんだ、教えてくれぬのか」

梶之助がぺっと唾を吐く。

「よし、やるか。野次馬どもも今か今かとはらはらしているようだぜ」

勘兵衛はちらりと眼差しを這《は》わせた。

梶之助のいう通りで、二つのやくざ者の一家は、自らの戦いのことなど忘れたようにただ息をのんで二人の対決を見守っている。

左側に少し離れて立っている左源太は、呼吸を忘れたような顔で呆然と見ている。

だん、と梶之助が地を蹴った。まるで誰かに放り投げられでもしたかのように小さな体が宙を舞い、薄まりかけている靄のなかに突っこんでゆく。

そこから刀を繰りだしてくる。

すばらしいはやさを持つ斬撃だったが、勘兵衛は冷静に長脇差を振り、それを受けとめた。

梶之助が着地するときを狙い、長脇差を振りおろした。

その場にすでに梶之助はいなかった。地面におりたことはおりたのだが、梶之助は信じられない身のこなしを見せ、すばやく勘兵衛のうしろにまわりこもうとしたのだ。

勘兵衛はその気配を察し、梶之助の姿を追うことなく長脇差を振った。

空を切った。勘兵衛がそちらに向き直ったときには剣気が右手から迫っていた。

勘兵衛は長脇差を振り、梶之助の刀をかろうじて弾いた。

あらためてそこに目をやったときには梶之助の姿はまたも消えていた。

どこだ。

勘兵衛は首をまわしかけた。靄の幕を突き破って逆の方向から殺気が迫る。

勘兵衛はそちらに向き直った。しかし梶之助の姿はない。

今度は背後に殺気が盛りあがった。勘兵衛は振り向いた。

だがそこにも梶之助はいなかった。

どこだ。

勘兵衛は信じられない思いで一杯だ。戦いがはじまってから、梶之助の姿を目にしたのはほんの一度か二度だ。

むろん、ひるがえった着物の裾などがちらりと目に飛びこむことはあるがそれも一瞬で、全身を目でとらえたことなど一度もない。

すぐそばにいるはずなのに、梶之助がどこにいるのかまったくつかむことができない。人というのがこれだけはやく動けるのを、勘兵衛ははじめて知った。

左手から殺気が突っこんできた。勘兵衛はそちらを見た。

案の定、梶之助の姿は見えない。

つまり、と勘兵衛は思った。あまりに梶之助の動きがはやいので、そこに幻のように殺気や気配が残るということらしい。

それが勘兵衛には厄介だった。

そこに梶之助がいないのはわかっているのに、体が勝手に動いてしまうのだ。

勘兵衛ほどの遣い手であるからこそ、逆に術中にはまってしまう剣だ。そのことが梶之助もわかっているから、人が行える限界と思えるはやさで動きまわっているのだろう。

さらに左から右からと気配や殺気が迫ってくる。勘兵衛にはどれが本物なのか見極めがつかない。

どうすればいい。

姿が見えれば対処のしようもあるだろうが、どこにいるのかまったくわからないのでは、どうすることもできない。

むちゃくちゃに長脇差を振りまわしてみるか、と勘兵衛は考えた。そうすれば、やつのはやさがむしろやつには災いとなり、長脇差が当たるのではないか。

いや、無理だ。やつの狙いは俺を幻惑することだろう。

今は動きを見ようとなんとか冷静を保っているからやつは襲いかかってこないだけで、もし俺が平静さを欠いたら一気に来るのではないか。

そう、やつは奔走に追われた俺が疲れきるのを待っているのではないか。

そこを狙うか。

それしかあるまい。

勘兵衛は腹を決め、とうりゃあ、と気合をこめて長脇差を振った。あまりに大仰にやると意図をさとられかねないので、徐々に振りを大きくしてゆく。それに加え、いかにも苛立っているように大声をだす。

勘兵衛は奇声をあげて、梶之助を追った。追いまわした。

梶之助の姿をとらえることなどもちろんできなかったが、やがて背後で波のようにぐんと剣気が高まった。これまでに感じられなかったほどの強さで、梶之助が本気になったのが伝わった。

来るのか。

勘兵衛はなおも長脇差を振りまわしながら、慎重に周囲の気配を探った。

次に殺気を感じたのは頭上だった。勘兵衛は見あげた。確かに影は通りすぎていった。それは梢《こずえ》の上のほうまであがってきた太陽の光ではっきりと見えた。

だがそれだけだった。勘兵衛は再び梶之助を見失った。

唐突に刀が突きだされてきた。それは、ほとんど地面からと思えるような低い位置からだった。

勘兵衛は面食らいつつも横に打ち払い、さらに梶之助に向けて長脇差を打ちおろした。

久しぶりに目にした姿だ、見逃す気などなかった。

しかし長脇差はまたも空を切った。

勘兵衛は左右にすばやく目を走らせ、梶之助を見つけようとした。

「ここだよ」

うしろから声がした。

はっと振り向く。すでにそこに梶之助はいなかった。

横から突っこんできていた。勘兵衛は振り向くことなく長脇差を浴びせた。

ばっとうしろへ梶之助が飛びすさる。

「なんだよ、まだ疲れてなかったのか。だまされかけたぜ。なかなかの役者じゃないか。でもさすがだな。これまでで最もやり甲斐のある相手だ。きっと俺は、あんたとやり合うためにこの世に生まれてきたんじゃないのかな」

勘兵衛は、本当は息を切らしていた。体が重く、このまま寝っ転がりたいような疲労に包まれている。だが、梶之助にはそれをさとられたくなかった。

梶之助自身、疲れはまったくないようだ。呼吸に乱れはなく、姿勢にもほんの少しのぶれさえ見えていない。

勘兵衛は自分の背が曲がり気味なのに気づいて、姿勢を正した。長脇差も重く感じられてきているが、無理に刀尖をあげた。

「なんだ、本当は疲れているのか。じゃあ、とどめを刺すことにするか。本当はもっと楽しみたいところだが、あまり長引かせるのもよくないだろう」

「おい、勘兵衛」

うしろから修馬が声を発する。

「助勢したほうがいいか」

「黙ってそこにいろ、修馬」

強がりでなく勘兵衛はいった。

「きっと倒してみせる。安心しろ」

「ほざきやがって」

梶之助が薄い笑みを見せる。

「その大口もいつまで叩けるかな」

勘兵衛は目を転じて、左源太を見た。左源太は相変わらず、口の閉じ方を忘れてしまったかのように呆然としている。頬のあたりにおびただしい汗をかいていた。

あたりにわだかまっていた靄が消え、太陽はさらに明るいものになっている。陽射しはあたたかく、小春日和といっていいほんわかとしたものが草原には満ちている。かしましい小鳥のさえずりが勘兵衛の耳に届く。

これまで勘兵衛と梶之助の死闘に黙りこんでいたらしかったが、つかの間の休息を与えられたかのように鳥たちは騒ぎまくっている。

今、勘兵衛たちが命のやりとりをしているのが嘘のような平和な光景だ。

勘兵衛は陽射しに焼かれて額にじっとりと浮かんだ汗をふきたかったが、そんなわずかな隙でも見せた途端、命取りになりかねない。

一際背の高い大木の影が、勘兵衛たちの足元にのびている。てっぺんに烏でもいるのか、その小さな影が動いた。かあ、という鳴き声がきこえた。

勘兵衛は長脇差を構え直した。

それを待っていたかのように梶之助が動きだした。勘兵衛の横へじりりと動く。

いきなりはやさがあがり、勘兵衛は梶之助を見失った。殺気が左から巻きあがり、勘兵衛は振り向きかけたが、必死にこらえた。

「行くぞっ」

梶之助が鋭い声をだした。殺気や気配だけでは勘兵衛を幻惑できないのを知ったようだ。

梶之助がうしろから突進してきたのを勘兵衛は察し、長脇差を振ったが、そのときにすでに梶之助は右手に出てきていた。

刀が振られる。勘兵衛は勘だけで打ち返し、長脇差を横に薙《な》いだ。

ひらりと飛びあがって梶之助は避け、上から刀を落としてきた。

勘兵衛は弾きあげ、次いで胴を狙った。梶之助ははっとしたように体をかたくし、その直後、ばっとうしろに下がってよけた。

姿が見えているのならこちらが上だ。勘兵衛はさらなる攻勢に出ようとした。

このままでは殺られかねない。そのことを梶之助も解したようだ。またも勘兵衛のまわりを走りはじめた。

あっという間にはやさが増し、梶之助の姿が見えなくなった。またも気配と殺気、そして声だけがあたりに次々に残されてゆく。

勘兵衛は落ち着いている。むしろこのときを待っていたといえた。

いつ梶之助が仕掛けてきてもいいように、ひたすらじっとしていた。眼差しは足元にじっと落としている。

梶之助は勘兵衛が追ってこないことに苛立ちを覚えたのか、行くぞ、どうりゃ、てえい、などとこれまで以上に大きな声をだしてきている。

しかし勘兵衛はまったく動じない。相手の動きを探ることにひたすらつとめた。

やがて梶之助が反対にまわりはじめたのがわかった。勘兵衛の右へ右へとまわっている。
一、二、三、と勘兵衛は心のなかで数を数え、四で長脇差を横に払った。
どすん、と肉を打つ、これ以上ない手応えが伝わってきた。

「やった」

うしろで修馬が声をあげる。

どたりと人が倒れた音のしたほうを勘兵衛が見ると、地面に尻を落とした梶之助が片手で腹を押さえ、苦しげに顔をゆがめている。

「どうしてだ」

そういって勘兵衛をにらみつける。

「影さ」

勘兵衛は大きく息をした。体が自分のものでないように重い。鎧《よろい》を幾重にも身につけたかのようだ。

「影だと」

右手に刀を握ったまま立ちあがろうとする。だがかなわず、梶之助はがくりと膝を折った。

疲れを無視して、勘兵衛はひゅんと長脇差を振った。

がきん、と音を残し、梶之助の刀が宙を飛んだ。地面に落ち、二度ばかりはねてから動きをとめた。

勘兵衛はもう一度息を大きくついた。少しは動悸がもとに戻りつつある。

「おぬしの姿はまるで見えていなかったが、影だけはかろうじて見えていた。冬のおかげで、影が長いのがよかったんだな。だがな、俺は影を追ったのではない。影に教えてもらったんだ」

「……なにを」

「おぬし、右へまわりはじめると必ず四周目で左へ方向を転じるんだ。その瞬間こそが俺の狙い目だった」

そうか、といつの間にか近くに寄ってきていた修馬がいった。

「その瞬間にはどうしても体をとめなければならぬからな」

「修馬、その縄で縛ってくれ」

「わかった」

修馬が腰に結わえてあった縄を手にし、慎重に梶之助に近づいた。

「ちょっと待て、修馬」

勘兵衛は修馬の前に立ち、梶之助を見おろした。

「脇差を捨ててもらおう」

「ほらよ」

いいざま脇差を抜き放ち、勘兵衛に斬りつけてきた。

だが、勘兵衛には余裕があった。脇差をはねあげ、長脇差を胴に叩きこむ。梶之助は昏倒《こんとう》した。

「——勘兵衛、殺したのか」

「まさか。加減は心得ている。安心しろ」

そうか。修馬が今のうちとばかりに梶之助を縛りあげる。

それを見て長脇差を鞘におさめ、勘兵衛は立ちすくむ左源太に近寄った。

「おい左源太、目が覚めたか」

ぎょっとしたように勘兵衛を見る。

「あ、ああ、勘兵衛。なんのことだ」

「つまらぬ暮らしのことだ」

「あ、ああ、目が覚めた」

「だったら、とっとと屋敷に帰れ。母御が心配している」

「しかし……」

「案ずるな。おまえは勘当になっておらぬ。今も身分は岡富家の部屋住だ」

「本当か」

「ああ。はやく帰れ」

「帰ってもいいのか」

「かまわぬ。おまえの雇い主どもはとうに逃げちまっているし」

左源太があたりを見まわす。

二つの一家はきれいさっぱりといなくなっている。勘兵衛が梶之助を打ち倒したとき、ここにいてはまずいといわんばかりに敵味方入り乱れて去っていったのだ。

今はただ、ややあたたかみを感じさせる風が無人の草原を吹き渡っているだけだ。

左源太は言葉をなくしたように立ち尽くしている。

「はやく帰れっ」

勘兵衛は大声をだした。

「わかったよ。そんなに怒鳴らんでくれ」

左源太が体をひるがえそうとした。

「勘兵衛、ありがとう。助かった」

「礼などいらぬ。おまえを助けるのは当たり前だ。俺たちは友だろう」

「そうか、俺のことをまだ友と思ってくれるのか」

「当たり前だ」

ありがとう。涙ぐむようにして左源太は走り去った。

「勘兵衛、ずいぶん格好いいな」

梶之助を立ちあがらせた修馬がにやにや笑っている。

「ここに左源太どのがいることなど知らずに来たくせに、まるで知っていたみたいに話すなんぞ、なかなか役者だな」

修馬がじろじろと頭を見る。

「でも勘兵衛の場合、役者というより見世物だよな」

「うるさいぞ、修馬。無駄口叩いてないで、さっさと帰るぞ」

七

厳しい詮議《せんぎ》を受けているものの、ただの一言も梶之助は話さない。口を閉ざしたまま、ひたすら押し通している。

それでも、いずれ斬首になるのはまちがいない。勘兵衛を徒目付であると知って殺そうとしただけでも、斬罪はまぬがれないのだ。

左源太は、岡富家の部屋住に戻った。犬飼道場にちゃんと出てくるようになり、稽古にもいそしんでいる。

勘兵衛は、親戚づき合いをやめるようにいった麟蔵の言を無視し、非番の日に叔父の権太夫《ごんだゆう》の屋敷を訪れて、左源太の婿入りのことを強く頼んだ。

人のいい叔父は、しっかりと請け合ってくれた。この人に頼んでおけば、きっといい縁談が見つかるはずだ。

その後、修馬とともにお美枝殺しの下手人捜しも再開した。

とにかく今追うべきなのは、本力屋の養子で姿をくらました為之助の行方だった。この為之助がすべての鍵《かぎ》を握っているはずだ。

だが、さんざん捜しまわったものの、まったく見つからない。見つかりそうな気配もなかった。

南町奉行所の七十郎にも、為之助のことはすでに教えた。だが、七十郎のほうでも手がかりをつかんでいるわけではなかった。

梶之助の一件が終わって五日たったが、結局、手がかりらしいものは得られず、勘兵衛と修馬はその夜、楽松で飲んだ。

「しかし勘兵衛、お美枝を殺したやつはいったいどこにいるのかな」

修馬が杯を干して、きく。

「もう江戸にはおらぬのかな」

「そんなことはあるまい」

勘兵衛は強い調子でいった。

「どうしてそういえる」

「いてもらわなければ、つかまえられぬからだ。修馬だってお美枝どのの無念を晴らせぬぞ」

「そうだよな」

勘兵衛は修馬の杯を一杯にした。

「すまぬ」

修馬が一気にあけて注ぎ返してくる。

「ありがとう」

勘兵衛はそっと口にした。燗《かん》より好きだから頼んだ酒は冷やだが、ほんのりとした甘みとともにあたたかさが腹に染みこんでゆく。

「うまいな」

「ああ、ここの酒は最高だ」

肴を次々に食べた。刺身に煮魚、焼き魚、野菜の煮つけ、漬物など。

どれも美味で、さすがに楽松だった。

「でもこんなにうまいのに、代はさほどでもないんだよな」

勘兵衛はいって刺身をつまんだ。

「どうしてこんなことができるのかな」

「代を払うつもりなどないのに、勘兵衛、よくそんなことをいえるな」

「払う気はあるんだ。修馬がおごるというから、甘えさせてもらっているだけだ」

「よくいうぜ。だが安いのは事実だよな。おかげで俺の懐も勘兵衛にいくら食われても、そんなには痛まぬですむ。でもさ――」

修馬が声を落とす。

「きっとこれが当たり前で、よそが儲けすぎているんだろうぜ」

「ああ、それはいえるな」

江戸には、本当に目の玉が飛び出るのでは、と思える値の店がいくつもある。それらはいずれも名店と呼ばれているが、高い金を取ればうまいのは当たり前だろうと勘兵衛は思う。

「俺たちはこの店みたいに安くてうまいところがいいな。そういうところにはきっと名人がいるんだ」

「この店のあるじもその類だな」

その後しばらく飲み食いしてから、二人はともに厠《かわや》に立った。

「おい勘兵衛、あれ」

手水《ちょうず》で手を洗いつつ、勘兵衛は目をみはる修馬の指さすほうを見た。

麟蔵だ。向かいの廊下を歩いている。

勘兵衛はさすがにぎくりとした。

まさかまたたかろうという魂胆か。

だが、どうやらちがうようだ。横の座敷からこぼれ出る灯りに照らされた麟蔵の顔は、これまで見せたことのないほど厳しいものだったのだ。

なにかあったのか。

勘兵衛はそう思わざるを得ない。

「おい勘兵衛、お頭はあのお方と一緒みたいだな」

修馬のいう通りで、麟蔵の前にはゆったりと歩く大柄の侍がいた。勘兵衛がこれまで見たことのない人物だ。

「なんだか、ずいぶんと大物めいた雰囲気のある人だな」

麟蔵とその侍は渡り廊下を行き、楽松の離れのほうへ姿を消していった。

「密談かな」

修馬がつぶやく。

「かもしれぬ」

「しかし勘兵衛、お頭のあれだけ厳しいお顔ははじめて見たぞ」

「俺もだ」

「今のはどなたかな」

「修馬、やめとけ。いらぬ詮索はせぬほうがいい」

「そのようだな」

修馬が苦笑する。

「だがえらい人になるとたいへんだな」

「まったくだ。あんな顔をしなければならぬのだからな」

勘兵衛たちは座敷に戻った。

「勘兵衛、俺たちは当分、自在に動けるこの身分のままでいいな」

「まったくだ」

「よし勘兵衛、飲み直すか」

「まだ飲むのか。修馬、大丈夫か」

「俺は酒に強いぞ」

「そっちのほうではない。懐具合だ」

「まかしておけ。だが勘兵衛、おまえだって少しは持っているだろう」

「なんだ、結局、人の懐を当てにするのか」

聞こえなかった顔で修馬がさっさと飲みはじめている。

「ほら、勘兵衛も飲め」

勘兵衛は、すまぬな、と受けた。

「よし修馬、俺たちは一所懸命、お美枝さん殺しの下手人をあげることに専念しよう。なにやらむずかしそうなことは、お頭にまかせておけばいい」

「そういうことだな。よし勘兵衛、乾杯だ」

勘兵衛は修馬と杯を合わせた。喉をくぐってゆく酒がこの上なくうまかった。

二〇〇五年六月　ハルキ文庫（角川春樹事務所）刊

光文社文庫

長編時代小説

稲《いな》妻《ずま》の剣《けん》　徒目《かちめ》付《つけ》勘《かん》兵《べ》衛《え》

著者　鈴《すず》木《き》英《えい》治《じ》

2024年9月20日　初版1刷発行

発行者　三宅貴久
印刷　堀内印刷
製本　フォーネット社

発行所　株式会社　光文社
〒112-8011　東京都文京区音羽1-16-6
電話 (03)5395-8147　編集部
8116　書籍販売部
8125　制作部

落丁本・乱丁本は制作部にご連絡くだされば、お取替えいたします。
ISBN978-4-334-10417-7　Printed in Japan

組版　萩原印刷